FOLIO
JUNIOR

Jack London

Le Fils du Loup

Traduit de l'anglais (États-Unis)
par Georges Berton

Notes et carnet de lecture
par Marie-Ange Spire

GALLIMARD JEUNESSE

COLLECTION DIRIGÉE PAR JEAN-PHILIPPE ARROU-VIGNOD

Pour en savoir plus :
www.cercle-enseignement.fr

Titre original : *Son of the Wolf*

© Éditions Gallimard, 1978, pour la traduction française
© Éditions Gallimard Jeunesse, 2018, pour les notes et le carnet de lecture

Le Fils du Loup

Tout, chez Scruff Mackenzie, indiquait qu'il était né et avait passé la plus grande partie de son existence sur la frontière. Une lutte sans répit contre une nature rude et sauvage avait buriné[1] ses traits. En vingt ans de Grand Nord, il n'avait jamais autant souffert qu'au cours des deux dernières années, passées dans les ténèbres du cercle polaire arctique à la recherche de l'or.

Vint le moment où la solitude lui fut insupportable. Scruff Mackenzie n'en fut pas autrement étonné. D'autres avaient été frappés de la même maladie. En homme réaliste qu'il était, il admit que cela pouvait lui arriver à lui aussi.

Sans se laisser abattre, il travailla tout l'été d'arrache-pied, indifférent aux moustiques, dans les terrains aurifères[2] de Stuart River. Il put ainsi doubler sa provision de vivres. Puis il assembla un radeau de troncs d'arbres et descendit le fleuve Yukon[3] jusqu'au campement de Forty Mile.

---

1. Buriné : marqué.
2. Aurifères : qui contiennent de l'or.
3. Fleuve Yukon : fleuve qui traverse le territoire du Yukon, dans le nord-ouest du Canada, puis l'Alaska.

Là il se bâtit la plus jolie des cabanes. Tout le confort s'y trouvait, si bien que plusieurs compagnons s'offrirent à la partager avec lui. En deux ou trois phrases sobres mais sans réplique, Mackenzie leur fit comprendre qu'il n'y fallait point songer. Puis il acheta assez de provisions pour nourrir deux personnes.

Scruff Mackenzie, on l'a vu, était doué de sens pratique et s'arrangeait toujours pour obtenir ce dont il avait besoin, mais sans y mettre un prix ou des efforts excessifs. Il avait l'habitude de la dure ; pourtant il jugeait inutile d'entreprendre une randonnée de neuf cents kilomètres sur la banquise, puis de voguer sur la mer deux mille kilomètres supplémentaires et de couvrir encore mille cinq cents kilomètres à pied dans le but de prendre femme[1]. La vie était trop courte pour songer à de telles expéditions.

Non ! Il entassa sur son traîneau un curieux chargement, attela ses chiens et partit à travers la grande plaine qui constitue le bassin du Tanana.

C'était un marcheur infatigable et ses chiens-loups, plus endurants qu'aucun autre attelage au Yukon, abattaient davantage de course et de travail en mangeant moins. Au bout de trois semaines, il atteignit un campement de chasseurs Sticks, établis sur le cours supérieur du Yukon.

Ces Sticks avaient une réputation détestable. Plus d'un Blanc, c'était prouvé, était mort sous leurs coups,

---

1. Prendre femme : se marier.

simplement parce qu'une méchante carabine ou une hache avait excité leur cupidité[1].

Aussi furent-ils estomaqués par l'audace du visiteur. Très sûr de lui, Scruff Mackenzie fit son entrée, en arborant un curieux air où l'on pouvait lire tout à la fois de l'humilité[2] et de l'insolence, la morgue[3] et la familiarité. Il fallait bien connaître les Sticks pour se composer une telle attitude. Mais notre héros était orfèvre en la matière[4] et pouvait en un clin d'œil souffler le chaud et le froid, passer de la conciliation[5] souriante à la colère hautaine.

Thling Tinneh était le chef des Sticks. Scruff se dirigea droit vers lui, et, s'inclinant très bas, lui présenta une livre[6] de thé noir et une autre livre de tabac, cadeau qui lui assura d'emblée la faveur du chef.

Après quoi, il se mêla aux hommes et aux jeunes filles et annonça :

– Je donnerai ce soir un pollach.

Le pollach est une fête très en vogue chez les tribus indiennes du Yukon. La neige fut donc aussitôt battue sur une surface d'environ cent pieds[7] de long et vingt-cinq de large. Une double haie de branches de sapin tapissa les deux côtés et un grand feu fut disposé au centre. Les quelque soixante membres de la tribu

---

1. Cupidité : désir excessif de richesses.
2. Humilité : modestie.
3. Morgue : attitude hautaine, méprisante.
4. Orfèvre en la matière : expert, grand connaisseur.
5. Conciliation : entente, arrangement.
6. Livre : ancienne unité de masse équivalant à environ 450 grammes.
7. Pied : ancienne mesure de longueur équivalant à un peu plus de 32 centimètres.

sortirent alors tous de leurs cabanes et entonnèrent de bruyantes chansons en l'honneur de leur hôte.

Le vocabulaire de ces peuplades ne dépasse guère quelques centaines de mots. En deux ans de présence parmi elles, Mackenzie avait totalement assimilé leur langue gutturale[1]. Il s'était rompu[2] à l'usage des idiomes[3] japonais de la région et aux tournures de phrases caractéristiques, ainsi qu'aux accents quasi imperceptibles par les oreilles étrangères qui expriment les marques de respect ou de déférence[4]. Le discours qu'il prononça fut apprécié par un public qui goûtait les envolées lyriques[5] et les métaphores alambiquées[6]. Le Shaman, personnage qui joue les deux rôles de prêtre et de médecin, et Thling Tinneh lui-même, répondirent sur le même ton. Scruff procéda à une nouvelle distribution de cadeaux parmi les hommes et se joignit à leurs chants ; puis il participa au jeu des cinquante-deux bâtons, auquel il était de première force.

Les hommes fumèrent son tabac et se montrèrent très satisfaits. Mais les jeunes gens se renfrognèrent et paraissaient méfiants. Pour comprendre leur hostilité, il n'était que[7] d'écouter les allusions moqueuses des vieilles édentées et les rires sournois des jeunes filles,

---

1. Gutturale : dont les sonorités viennent de la gorge, rauque.
2. Rompu : entraîné.
3. Idiome : dialecte, forme locale d'une langue.
4. Déférence : politesse respectueuse.
5. Lyriques : poétiques.
6. Alambiquées : compliquées.
7. Il n'était que : il suffisait.

qui leur rappelaient ce qu'ils connaissaient des « Fils du Loup », nom qu'ils donnaient aux Blancs ; peu de chose à la vérité mais c'en était déjà trop. Sous son indifférence de surface, Scruff Mackenzie avait ressenti l'hostilité des jeunes gens.

La nuit suivante, bien au chaud sous ses fourrures et fumant pipe sur pipe, il échafauda soigneusement son plan de campagne. L'affaire était délicate : parmi les jeunes filles de la tribu, une seule lui plaisait, la belle Zarinska, la fille du chef. Zarinska représentait presque une anomalie parmi ses compagnes, avec des traits, une allure, une taille qui correspondaient davantage aux canons[1] de la beauté établis par les Blancs qu'à ceux des Eskimos.

Bref, Scruff emmènerait Zarinska. Elle deviendrait sa femme et changerait son nom pour celui de Gertrude.

Sa décision prise et l'esprit en repos, Scruff se tourna sur le côté et s'endormit aussitôt. Ainsi font les vainqueurs et les conquérants.

Le lendemain, Scruff Mackenzie se conduisit avec un calme désinvolte embarrassant pour les Sticks. Il jouait une partie serrée ; aucun faux pas ne lui était permis. Son premier soin fut donc de faire la démonstration qu'il était un fanatique de la chasse et excellent fusil. Un de ces grands rennes polaires qu'on désigne sous le nom de moose passait à un demi-mille[2]. Quand Scruff

---

1. Canon : modèle.
2. Mille : unité de mesure équivalant à 1 609 mètres environ.

l'abattit, un long cri de louange[1] retentit en son honneur d'un bout à l'autre du campement.

Le soir, il se rendit à la hutte, entièrement décorée de peaux de moose et de caribou[2] de Thling Tinneh. Il y parla haut et se montra généreux en tabac. Il n'eut garde d'oublier le Shaman, comprenant qu'il avait tout intérêt à se faire un allié de ce prêtre-médecin dont l'influence était grande sur le peuple. Mais ce dernier affecta une indifférence hautaine qui fit comprendre à Mackenzie qu'à la première occasion le Shaman se rangerait dans le camp de ses ennemis.

Scruff ne voyait pas comment il pourrait se trouver seul à seule avec Zarinska. Il lui décochait donc des regards qui dévoilaient clairement son projet.

La coquette avait deviné ; mais en vraie fille d'Ève, s'ingéniait à s'entourer d'une cohorte[3] de femmes chaque fois que les hommes quittaient le camp, laissant le champ libre au prétendant.

En fait, il n'était pas pressé. Il savait très bien que Zarinska ne pourrait s'empêcher de songer à lui et que le cheminement de cette pensée dans la tête de Zarinska allait dans le sens de ce qu'il souhaitait.

Estimant le moment venu d'agir, il quitta brusquement un soir la demeure enfumée de Thling Tinneh et passa dans la hutte la plus proche. Il savait que Zarinska s'y trouvait. La jeune fille y était assise, en effet, au milieu des autres femmes. Quand il entra, les femmes levèrent

---

1. Louange : félicitations.
2. Caribou : renne du Canada.
3. Cohorte : groupe.

les yeux des mocassins et des broderies de perles qu'elles étaient en train de confectionner et gloussèrent. Leurs plaisanteries mêlaient son nom à celui de Zarinska.

Sans plus de façons, il les prit l'une après l'autre par les épaules et les poussa dehors. Elles coururent dans la neige, pressées de colporter la nouvelle au camp tout entier.

Scruff Mackenzie était resté seul avec la jeune fille. Utilisant la langue des Sticks – car Zarinska n'en comprenait pas d'autre – il plaida sa cause avec fougue[1]. Deux heures passèrent ainsi ; puis Scruff se leva pour sortir en déclarant :

– Voilà donc ! C'est convenu. Zarinska viendra dans la cabane de l'homme blanc. Bien ! Et maintenant je vais aller parler à ton père. Lui, peut-être, sera d'un autre avis que nous. Pourtant je lui ai fait beaucoup de cadeaux ; il ne faudrait pas qu'il exige trop. Et s'il dit non… Eh bien, Zarinska ira quand même dans la cabane de l'homme blanc.

Il avait déjà soulevé les peaux de bêtes qui servaient de porte. Un cri timide de la jeune fille le retint sur le seuil. Zarinska s'était agenouillée sur l'épaisse peau d'ours qui tapissait le sol et, rougissante, dégrafait à gestes timides la lourde ceinture qu'elle portait toujours.

Scruff était surpris, voire un peu inquiet. Il regardait la jeune fille, les sens en éveil, guettant les bruits du dehors. Mais toutes ses craintes s'envolèrent et il sourit de plaisir en voyant Zarinska se relever et prendre

---

1. Fougue : enthousiasme.

dans son sac à ouvrage un fourreau[1] en cuir de moose, rehaussé d'incrustations de perles fantastiques. Ensuite elle s'approcha de Mackenzie, lui retira son grand couteau de chasse. Elle portait sur l'arme un regard admiratif, visiblement démangée du désir d'en éprouver le fil avec le pouce. Mais elle se contenta de la glisser dans le fourreau, qu'elle ajusta à la ceinture de Scruff, un peu au-dessus de la hanche. Ainsi faisaient, sans doute, les dames du Moyen Âge, armant leur chevalier.

Un peu plus tard, Scruff Mackenzie fit son entrée dans la hutte de Thling Tinneh, un énorme paquet sous le bras. On aurait dit que l'air vibrait d'un subtil frisson. Des enfants couraient en tous sens, portant du bois mort à l'endroit prévu pour le pollach. Le murmure des femmes s'amplifiait et les jeunes gens, groupés à l'écart, devisaient d'un air sombre.

Cependant que de la tente du Shaman montait une étrange mélopée[2].

Le chef se trouvait seul avec sa femme, une vieille aux yeux chassieux[3]. Un seul regard suffit à Scruff pour comprendre que la nouvelle lui était déjà connue. Sans perdre de temps, il aborda donc le vif du sujet, prenant soin de mettre en évidence le fourreau brodé, gage[4] des fiançailles.

– Ô Thling Tinneh, s'écria-t-il, maître redouté des

---

1. Fourreau : étui.
2. Mélopée : mélodie répétitive.
3. Chassieux : infectés.
4. Gage : assurance, garantie.

Sticks et de la terre de Tanana, l'ours, le moose et le caribou te sont soumis. Aujourd'hui l'homme blanc se présente devant toi, car il a conçu un grand projet. Depuis des lunes et des lunes, sa cabane est restée vide et son existence est solitaire. Son cœur, replié dans le silence, soupire après une épouse qui s'assoira près de lui sous la tente et le réconfortera, après la chasse, avec de bons repas.

« D'étranges choses ont troublé les oreilles de l'homme blanc : le piétinement des pas d'enfants et le son clair des voix juvéniles[1]. Une fois même sa nuit désolée fut troublée par l'apparition du Grand Corbeau, ton père et père de tous les Sticks. Le Grand Corbeau a parlé à l'homme blanc : "Chausse tes mocassins, lui dit-il, serre les patins et prépare ton traîneau. Entasse sur ton traîneau des vivres pour de longs jours ; ajoutes-y de beaux présents pour le chef Thling Tinneh. Puis tourne tes yeux vers ce point où meurt le soleil au milieu du printemps. Élance-toi vers le pays où le grand chef a fixé le campement de sa chasse. Tu lui offriras ces cadeaux magnifiques et Thling Tinneh deviendra pour toi un père. Sous la tente du fils du Corbeau, il y a une jeune fille à qui j'ai donné la vie pour qu'elle t'appartienne. Cette jeune fille sera ta femme." Ainsi parla le Grand Corbeau, ô chef des Sticks ! J'ai donc déposé à tes pieds de beaux présents. Et je désire emmener ta fille pour qu'elle soit ma femme.

D'un geste majestueux, Thling Tinneh se drapa dans

---

1. Juvéniles : jeunes.

sa fourrure et fit attendre sa réponse. C'est alors qu'un homme de très petite taille se glissa dans la tente et ressortit presque aussitôt, après avoir informé le chef que le conseil venait de se réunir et réclamait sa présence.

– Homme blanc, dit Thling Tinneh, nous t'avons surnommé « le tueur de moose ». Mais tu es aussi connu comme « le Loup » ou « le Fils du Loup ». La race qui t'a vu naître est une race puissante et nous sommes fiers de t'avoir pour hôte à notre pollach. Ne sais-tu pas que le Saumon Roi ne s'allie pas au Saumon inférieur, ni le Corbeau avec le Loup ?

– Que dis-tu ? s'écria Mackenzie. J'ai déjà rencontré les filles du Corbeau dans les camps du Loup. La femme de Mortimer ; la femme de Tregidgo, et celle de Barnabé, qui est revenue il y a deux hivers. D'autres encore dont j'ai entendu parler, même si je ne les ai pas vues.

– Tu dis vrai, mon fils. Mais ces unions furent malheureuses, comme celle de l'eau avec le sable, du flocon de neige avec le soleil. N'as-tu jamais rencontré Mason et sa compagne ? Il est venu ici, il y a dix années. C'était le premier de tous les Loups. Un homme grand et fort l'accompagnait : droit comme une tige de bouleau, courageux comme l'ours gris dont la face n'a pas de poil, le cœur vaste comme la pleine lune d'été…

– N'en dis pas plus, ô chef, s'écria Mackenzie. C'est l'homme que tout le Nord connaît ; c'est Malemute Kid.

– C'est lui. L'homme fort entre les forts. Et n'as-tu jamais vu sa femme ? C'est la sœur de Zarinska.

– Je ne l'ai jamais vue, chef, mais on m'a parlé d'elle.

Loin, là-bas, dans le Nord, Mason est mort écrasé par la chute d'un sapin gigantesque. Son amour était grand ; grande aussi sa fortune. Avec l'or la femme a pu voyager jour après jour et emmener leur fils vers ce pays où le soleil est encore visible à l'heure de midi en hiver. Elle vit dans ce pays, maintenant. Plus de gelée, plus de neige, plus de soleil de minuit en été, plus de ténèbres à midi en hiver...

Un second messager fit irruption sous la tente, intimant l'ordre de rejoindre le conseil. Mackenzie le jeta dehors ; mais, ce faisant, il aperçut le feu du conseil. Les belles voix graves des hommes, scandant[1] un chant rythmé, vinrent frapper ses oreilles. Il comprit que le Shaman attisait[2] la colère de la tribu contre lui. Le temps pressait... Il revint vers le chef.

– C'est clair. Je veux épouser ta fille. Allons, regarde : voici du tabac et du thé ; voici du sucre plein ces vases ; et voici ces couvertures amples et chaudes, ces foulards larges et beaux ; voilà enfin une carabine, une vraie carabine avec de la poudre et des balles en quantité.

Le vieillard luttait pour ne pas céder.

– Non, dit-il. Je ne peux accepter toutes ces richesses que tu étales devant moi. Mon peuple s'est réuni. À cette heure, mes hommes délibèrent. Ils ne veulent pas de ce mariage.

– Mais tu es leur chef ?

– Certes. Mais la fureur des jeunes gens est grande,

---

1. Scandant : chantant en marquant le rythme.
2. Attisait : excitait.

parce que les Loups ont pris les jeunes filles de la tribu et qu'ils ne peuvent se marier.

– Écoute, Thling Tinneh, écoute bien ! Le jour n'aura pas chassé la nuit que déjà le Loup aura fouetté ses chiens et courra, à travers les Montagnes de l'Est, vers le Pays du Yukon. Zarinska frayera la route avec les chiens.

– Écoute, homme blanc. La moitié de la nuit sera passée à peine que mes jeunes gens auront déjà jeté aux chiens la chair du Loup. Ses os seront dispersés dans la neige, qui les recouvrira jusqu'au printemps. Menace contre menace.

Une rougeur sombre envahit la face bronzée de Mackenzie. Il haussa le ton. La vieille, qui s'était tenue coite[1] jusqu'alors, se glissa près de lui, dans l'embrasure de la porte. Mackenzie la repoussa sans douceur jusqu'à son tapis de peaux. À ce moment le chant des hommes s'arrêta brusquement, couvert par un concert de vociférations[2].

– Une fois encore, Thling Tinneh, je t'en conjure, écoute-moi. Le Loup meurt les dents serrées. S'il tombe, dix de tes hommes tomberont avant lui. Des hommes utiles, car la chasse commence à peine et dans quelques lunes viendra la saison de la pêche. À quoi ma mort te servira-t-elle ? Je connais vos coutumes. Si je meurs, tu n'auras qu'une faible part de mes richesses. Elles te reviendront toutes si tu m'accordes ta fille. Ce n'est pas

---

1. Coite : silencieuse.
2. Vocifération : hurlement.

fini... Mes frères viendront. Leur troupe est nombreuse et leur appétit insatiable. Ils enlèveront les filles du Corbeau et leur feront des fils dans les huttes du Loup. Mon peuple est plus fort que le tien. Ainsi en a décidé le destin.

« Accède à ma demande et tout ceci est à toi.

Au-dehors, des mocassins raclaient le sol gelé. Mackenzie arma sa carabine ; ses deux mains empoignèrent les revolvers passés à sa ceinture.

– Dis oui, chef !

– C'est mon peuple qui dira non.

– Consens, et ces richesses t'appartiennent. Je parlerai ensuite à ton peuple et il me comprendra.

– Je ferai ce que dit le Loup. Je prends ces gages... Mais je l'ai averti.

Mackenzie poussa vers lui tous les cadeaux, prenant soin de désarmer la carabine. Il conclut le marché par le cadeau d'un foulard de soie richement bariolé[1].

Le Shaman entra alors dans la hutte. Une demi-douzaine de jeunes hommes l'accompagnait. Sans hésiter, Mackenzie se fraya passage au milieu d'eux à coups d'épaules et sortit.

À la hauteur de la tente où se tenait Zarinska, il lui jeta ce bref avertissement :

– Tiens-toi prête à partir.

Puis, sans perdre de temps, il attela ses chiens ; et c'est à la tête de son attelage que peu après il se présenta devant le conseil, la femme à ses côtés. Il prit place au

---

1. Bariolé : coloré.

sommet du rectangle, près du chef. Zarinska se tenait à sa gauche, légèrement en retrait, comme il convenait désormais. De plus, c'était la meilleure disposition pour surveiller ses arrières alors que venait l'heure de l'affrontement.

Accroupis autour du feu et se faisant face, les hommes chantaient à pleins poumons un air traditionnel qui évoquait leur passé, lointain et oublié. Étrange, syncopé[1], reprenant sans fin un refrain au rythme obsédant, ce chant n'était pas fait pour charmer l'oreille. Bien au contraire. Il était plus que terrible, terrifiant.

À la base du rectangle, cinq ou six femmes se trémoussaient sous le regard du Shaman, qui reprenait sévèrement celles d'entre elles qui ne se laissaient pas aller avec assez d'abandon aux transes[2] coutumières en pareilles circonstances. Le voile épais de leur sombre tignasse[3] retombait en désordre jusqu'à la taille. Leur corps se balançait lentement, d'arrière en avant, ondulant suivant un rythme qui changeait sans arrêt. Scène d'un autre âge. Résurgence[4] à l'aube du XXe siècle de l'homme primitif, tel qu'il devait se manifester jadis, dans la pénombre des cavernes de la préhistoire.

Les chiens-loups, fauves comme les peaux de bêtes dont leurs maîtres recouvraient leurs épaules, se faufilaient entre les assistants. Des lueurs rougeoyantes, avivées par l'éclat des flammes du bûcher, passaient dans

---

1. Syncopé : irrégulier.
2. Transe : manifestations physiques d'un état de surexcitation.
3. Tignasse : chevelure abondante et mal peignée.
4. Résurgence : réapparition.

leurs yeux injectés de sang, sur les babines retroussées et les dents de leurs mâchoires écumantes.

Il semblait que le tohu-bohu[1] ait repoussé le silence infini à la lisière des forêts. Les étoiles dansaient sur la voûte bleue, comme toujours à cette période de grands froids, et les esprits du pôle traînaient leurs robes resplendissantes à travers l'étendue céleste. Mackenzie fut, un bref instant, impressionné par la sauvagerie de la scène, tandis que son regard parcourait rapidement les deux haies de sapins, pour évaluer le nombre des absents. Il s'attarda sur un nouveau-né tétant par un froid de -40 ! Songeant aux délicates personnes de sa race, il ne put réprimer un sourire.

Mais lui-même, n'était-il pas fils d'une de ces femmes, ayant reçu en héritage la puissance et le règne sur la terre et la mer, sur les autres peuples, sur les autres animaux de toutes les contrées[2] du globe ?

Seul contre tous ; loin des siens, au milieu de l'hiver arctique : ses veines bouillonnaient de la sève ancestrale. Il se sentit soulevé par l'ardeur de vaincre ou de mourir.

Chants et danses s'arrêtèrent. Et le Shaman parla.

Son éloquence[3] entraînait l'auditoire, utilisant toutes les ressources, toutes les images d'une mythologie touffue, appliquant son habileté à jouer sur les esprits crédules[4] des membres de la tribu.

---

1. Tohu-bohu : désordre (familier).
2. Contrée : région.
3. Éloquence : talent de celui qui parle de façon convaincante.
4. Crédules : naïfs.

L'affaire était sérieuse. Il opposa les principes créateurs de la Corneille ou du Corbeau et le Loup, principe de la guerre et de la destruction, incarné[1] en Mackenzie. Bien plus que d'un combat entre forces spirituelles[2], il s'agissait d'une empoignade sans merci d'hommes à hommes.

Jelchs, le Corbeau, avait apporté le feu. Les Sticks étaient ses fils. Mais Mackenzie était le fils du Loup ; en termes plus précis, le Démon. Entre les deux la lutte était éternelle. Y faire trêve un seul instant pour un mariage des filles du peuple avec les chefs du clan ennemi, c'était pire qu'une trahison : un blasphème[3] épouvantable.

Le Shaman n'avait pas d'image assez triviale[4], pas d'insulte assez rude pour stigmatiser Mackenzie, cet intrus, ce vicieux, suppôt du diable. Sa péroraison[5] enflammée provoqua une sorte de rugissement sourd parmi l'auditoire.

– Oh mes frères, en vérité, Jelchs est tout-puissant.

« Le feu du ciel qui nous réchauffe, c'est lui qui nous l'a donné.

« Le soleil et la lune, les étoiles qui nous dispensent leur lumière, c'est Jelchs qui les fit sortir de leurs cavernes.

« N'est-ce pas Jelchs qui vous enseigna la lutte contre les esprits mauvais de la famine et du gel ?

---

1. Incarné : personnifié.
2. Spirituelles : considérées comme distinctes de la matière, qui relèvent de l'esprit.
3. Blasphème : parole qui porte atteinte au sacré.
4. Triviale : vulgaire.
5. Péroraison : discours.

« Mais aujourd'hui Jelchs est en courroux[1] contre le petit reste de ses fils. Car ils se sont laissés aller à des actions perverses[2] ; ils ont erré sur les sentiers du mal, accueilli leurs ennemis sous leurs tentes, les ont invités à s'asseoir près du feu.

« Et le Corbeau est affligé de la malice de ses enfants.

« Qu'ils se lèvent, les Fils du Corbeau, qu'ils viennent à sa rencontre et le Corbeau sortira des ténèbres pour les aider.

« Ô mes frères, le Messager du Feu a visité votre Shaman. Il a murmuré des paroles à son oreille.

« Paroles du Messager à votre Shaman :

"Que les jeunes gens fassent entrer les jeunes filles dans leurs maisons. Qu'ils se jettent à la gorge du Loup et que leur haine jamais ne s'éteigne. Alors ils seront de nouveau un grand peuple.

Les Corbeaux conduiront la cohorte innombrable des pères des jeunes hommes et des pères de leurs pères dans les pays du Nord. Leurs tribus écraseront les Loups jusqu'à ce qu'ils disparaissent comme ont disparu les feux de nos camps de l'an passé. La domination des Corbeaux s'étendra à toute la terre."

« Ainsi parla le Corbeau.

Cette annonce prophétique[3] d'un Messie[4] souleva un hurlement rauque chez les Sticks, tous dressés d'un seul bloc.

---

1. Courroux : colère.
2. Perverses : diaboliques.
3. Prophétique : qui émane d'un prophète, l'interprète des dieux.
4. Messie : libérateur envoyé par les dieux.

Mackenzie laissa discrètement glisser les pouces de ses moufles. Il attendait la suite des événements.

On réclamait le Renard à grands cris. La clameur ne consentit à s'éteindre qu'au moment où un jeune homme s'avança pour parler à son tour.

– Frères, la Sagesse a parlé par la bouche du Shaman.

« Nos jeunes filles ont suivi les Loups et nos hommes sont restés sans enfants. Nous voici réduits à une poignée. Nos chaudes fourrures, nous les avons troquées pour l'esprit mauvais qui dort au fond des bouteilles, pour des vêtements de fil d'herbe, qui ne nous réchauffent pas comme les peaux de castor ou de lynx. Et nos chasseurs meurent d'étranges maladies.

« Il n'y a pas de femmes chez le Renard. Pourquoi ? Les deux jeunes filles qui me plaisaient sont parties pour le camp des Loups. Une grande réserve de peaux de castors, de mooses et de caribous a pourtant été amassée par le Renard dans l'intention de gagner les faveurs de Thling Tinneh et d'obtenir sa fille Zarinska. Mais Zarinska a déjà ses mocassins ; la voilà prête à conduire les chiens du Loup.

« Suis-je le seul ? Non. Ce qui est arrivé au Renard, l'Ours l'a connu lui aussi. Il aurait pu être le père des enfants de Zarinska. Il avait lui aussi entassé des peaux de bêtes...

« Je parle au nom de tous les jeunes gens privés de femmes.

« L'avidité[1] des Loups est insatiable[2]. À eux toujours la meilleure part du butin. Aux Corbeaux, le reste.

---

1. Avidité : convoitise, appétit.
2. Insatiable : que l'on ne peut apaiser.

Son doigt désignait une femme difforme.

– Regardez Gugkla. Ses jambes sont tordues comme les côtes d'un canoé de bouleau. Elle ne peut ramasser le bois, ni porter la nourriture des chasseurs. Les Loups l'ont-ils choisie ?

– Tu l'as dit. Tu l'as dit, hurlèrent les hommes.

– Voyez Hoyri. Les esprits du Mal ont tourné ses yeux et son regard effraie les petits enfants. C'est l'Ours, dit-on, qui lui fraye son chemin sur la glace. Personne n'a voulu d'elle.

Cette remarque blessante fut bruyamment applaudie.

– Regardez Pischet. Elle est assise, là, tout près de moi ; pourtant mes paroles n'arrivent pas jusqu'à elle. Jamais elle n'a entendu la voix de son mari, ni le babil[1] de son enfant. Elle est murée dans le grand silence blanc.

« Les Loups lui ont-ils prêté la moindre attention ? Non !

« Ils s'approprient la meilleure part. À nous le reste.

« Eh bien, frères, c'en est fini. Les Loups ne se glisseront plus furtivement dans nos campements. Nous les en empêcherons désormais. L'heure a sonné.

Alors qu'il prononçait ces derniers mots, le ciel s'embrasa d'une immense lueur pourpre, émeraude, jaune et violette. L'aurore boréale faisait une grandiose auréole à l'orateur qui terminait son discours, la tête rejetée en arrière, les bras étendus.

– Vous êtes témoins : les esprits de nos pères se lèvent et cette nuit verra s'accomplir de grandes choses.

---

1. Babil : bavardage d'un enfant.

Il s'effaça de quelques pas, tandis qu'un autre jeune homme s'avançait gauchement, poussé par ses camarades.

C'était un colosse qui dépassait les autres d'une bonne tête. Son large torse défiait le froid. Il se dandinait d'un pied sur l'autre, très embarrassé, et les mots s'arrêtaient au bord de ses lèvres. Son visage portait la trace d'une horrible mutilation[1]. Il assena un violent coup de poing sur sa poitrine, qui sonna comme un tambour. Enfin, sa voix s'éleva, puissante et profonde comme la houle[2].

– Je suis l'Ours, la Pointe d'Argent et le fils de la Pointe d'Argent. Ma voix était douce encore comme celle d'une jeune fille et déjà je chassais le moose, le lynx et le caribou. J'ai bravé la bourrasque et j'ai franchi les montagnes du sud, et j'ai tué alors trois hommes des fleuves blancs. Mais à l'endroit où ces fleuves deviennent des torrents, j'ai fait la rencontre de l'Ours blanc... je ne suis pas allé plus loin.

Sa main effleurait l'affreuse cicatrice.

Puis il poursuivit sa harangue[3].

– Je ne suis pas le Renard et ma langue est glacée comme l'eau. Je ne sais pas parler longtemps. Je dirai quelques mots seulement.

« Les discours coulent des lèvres du Renard comme eau de source. Et il annonce de grandes choses pour cette nuit. Mais ses actions sont plus minces.

---

1. Mutilation : blessure.
2. Houle : vague.
3. Harangue : discours.

« Moi, cette nuit, je vais me battre avec le Loup et je le tuerai. Et Zarinska viendra s'asseoir près de mon feu.

« L'Ours n'a plus rien à dire.

Mackenzie faisait front à l'hostilité générale. Il savait n'avoir rien à craindre de sa propre carabine, et s'assura que ses deux revolvers étaient prêts à fonctionner. Il eût été folie de s'en prendre à tous les ennemis à la fois. Quoi qu'il arrive, il vendrait chèrement sa peau, fidèle à ce qu'il avait toujours dit.

De son côté, l'Ours s'imposait à ses camarades, repoussant les plus excités de son terrible poing. Alors que le tumulte s'apaisait, Mackenzie jeta un bref coup d'œil dans la direction de Zarinska. La belle fille offrait un tableau superbe, bandée comme une tigresse qui s'apprête à bondir, penchée en avant sur ses patins, lèvres entrouvertes et narines frémissantes. Tendue à rompre, le souffle suspendu, elle fixait les hommes de sa tribu, dans une attitude de défiance et d'alarme qui aurait pu inspirer un sculpteur. Une de ses mains se crispait sur sa poitrine ; l'autre serrait le fouet des chiens. Enfin ses muscles se relâchèrent ; elle se redressa en soupirant et lança un regard à son fiancé où il put lire toute la tendresse du monde. Thling Tinneh essayait en vain de se faire entendre.

Mackenzie, alors, s'avança. L'Ours poussa un hululement[1] sauvage. Mais Mackenzie se précipita sur lui avec tant de fougue que l'autre rompit sur-le-champ et

---

1. Hululement : cri des oiseaux de nuit.

que son gosier n'exhalait[1] plus qu'un son étouffé. Cette déconfiture[2] détendit l'atmosphère. Il y eut quelques rires et les camarades de l'Ours se décidèrent enfin à écouter.

— Frères, s'écria Mackenzie, il vous plaît d'appeler Loup l'homme blanc qui est venu vers vous avec de bonnes paroles. Il est votre ami, votre frère et sa langue ignore le mensonge. Mais vos frères ont déchargé leur rancœur et l'heure des bonnes paroles est passée. Il faut donc que vous le sachiez : le Shaman est un faux prophète. Ses messages ne viennent pas du Porteur du Feu. Ses oreilles n'entendent pas la voix du Corbeau. Il s'est moqué de vous avec ses fables. Et il n'a aucun pouvoir.

« Remontez dans votre mémoire. Souvenez-vous de cette année où vous avez dû tuer vos chiens pour les manger. Vos estomacs criaient d'avoir à digérer des peaux de bêtes et des lanières de mocassins pour toute nourriture. Vieillards et femmes âgées s'endormaient du grand sommeil. Mouraient aussi vos bébés. Tout était sombre autour de vous. Beaucoup d'entre vous sont tombés, tués comme les saumons au moment de la grande migration. La famine décimait vos rangs[3].

« Le Shaman a-t-il alors récompensé l'effort des chasseurs ? A-t-il distribué la viande à vos ventres affamés ? Non, non, trois fois non ! Le Shaman n'a rien pu faire. Il n'a aucun pouvoir. Et je lui crache au visage.

---

1. Exhalait : laissait échapper.
2. Déconfiture : défaite.
3. Décimait vos rangs : faisait de nombreux morts parmi vous.

Cette injure sacrilège[1] ne souleva aucune protestation dans l'auditoire, frappé de stupeur. Des femmes eurent un moment d'effroi. Les hommes restaient figés, comme dans l'attente de quelque prodige[2]. Tous les regards convergeaient sur les deux figures centrales : le prêtre et le chasseur. L'amertume envahissait les traits du Shaman qui se sentait peu à peu vidé de son pouvoir. Sa bouche voulut proférer une dernière menace, mais l'attitude féroce de Mackenzie, poings levés, yeux fulgurants[3], la lui rentra dans la gorge.

– Eh bien, suis-je mort ? La foudre s'est-elle abattue sur moi ? Les étoiles se sont-elles détachées du ciel pour me pulvériser ? Qu'on ne me parle plus jamais de ce chien !

« Écoutez-moi plutôt. Je vais vous raconter mon peuple, le plus puissant de tous, le maître du Monde.

« Au début, nous chassons seuls, comme je le fais aujourd'hui. Puis nous chassons en bande. Enfin, nous nous répandons comme un raz de marée sur toute la région, à la manière des caribous quand la saison en est venue. Longue vie alors à ceux que nous emmenons dans nos cabanes ; la mort pour les autres !

« Zarinska est une fille robuste et gracieuse. Elle est faite pour engendrer les fils du Loup et vous ne pourrez rien contre. Car mes frères sont innombrables et ils suivent la trace de mes chiens. Écoutez donc la loi du Loup : "Quiconque tuera un Loup sera puni par la mort

---

1. Sacrilège : qui offense un personnage sacré.
2. Prodige : miracle.
3. Fulgurants : foudroyants.

de dix des siens." Plus d'un pays a payé ce prix-là. Et il en sera toujours ainsi.

« Maintenant je vais parler pour l'Ours et le Renard. Tous deux ont, paraît-il, jeté les yeux sur la jeune fille. Bon ! Mais moi je l'achète. La carabine sur laquelle s'appuie Thling Tinneh, c'est moi qui la lui ai donnée, et sa tente est pleine de mes présents. Pourtant je serai bon avec les jeunes gens. Renard a beaucoup parlé et sa langue est sèche : je lui attribue donc cinq gros paquets de tabac. Il salivera beaucoup et le conseil entendra à nouveau ses beaux discours. Quant à l'Ours, qui m'a rempli de fierté, je lui offre deux couvertures, vingt jarres de farine, du tabac comme au Renard mais en quantité double. Et s'il veut me suivre au-delà des montagnes, il aura une carabine pareille à celle de Thling Tinneh. Sinon…

« Le Loup a trop parlé et sent la fatigue. Écoutez donc encore une fois la Loi de son pays : "Quiconque fera périr un Loup sera châtié par la mort de dix des siens." »

Mackenzie recula à sa première place ; il ne se sentait pas complètement rassuré. Zarinska vint dans la nuit noire lui donner quelques conseils sur les tours de guerre dont l'Ours usait quand il se battait au couteau. Il l'écouta avec la plus grande attention.

Le combat fut décidé. En un clin d'œil, on dégagea un espace autour du feu, tous les pieds chaussés de mocassins s'employant à damer la neige. Les derniers événements étaient commentés avec passion, une partie de l'assemblée refusant de croire à la défaite du Shaman toujours crédité de sa puissance occulte[1], tandis que l'autre prenait fait et cause pour le Loup.

Enfin l'Ours s'avança au milieu du cercle. Sa main étreignait un long couteau de chasse de fabrication russe.

Sur une remarque du Renard, Mackenzie accepta de se défaire de ses revolvers et de sa carabine. Il ceignit la taille de Zarinska avec cet attirail ; mais la jeune fille lui fit comprendre d'un signe de tête que, pas plus que ses compagnes, elle ne savait se servir de ces armes précieuses.

– Dans ce cas, s'écria-t-il, si tu me vois menacé par-derrière, crie très fort : « Mon mari ! » Allez, plus fort : « Mon mari ! » répéta-t-il plusieurs fois avec un gros rire joyeux.

Et il lui pinçait affectueusement la joue, tandis qu'elle s'appliquait à répéter : « Mon mari… Mon mari… »

L'Ours dominait nettement son adversaire et son couteau était plus long d'au moins deux pouces ; Mackenzie, qui savait jauger[2] les hommes en un clin d'œil, comprit qu'il avait affaire à un ennemi sérieux. L'éclat du fer, brillant dans l'obscurité, réveilla son pouls et il se sentit soulevé par l'instinct dominateur de sa race.

Le combat s'engagea.

Plusieurs fois Mackenzie fut acculé au brasier ou aux limites du cercle mais sa tactique de lutteur le ramenait sans cesse au centre. Aucune voix ne s'élevait pour

---

1. Occulte : surnaturelle.
2. Jauger : évaluer.

l'encourager alors que les conseils, les paroles de soutien, les applaudissements n'étaient pas ménagés à l'Ours.

À chaque entrechoquement des lames, Mackenzie serrait les dents et parait les coups avec une maîtrise sans défaut. Pris d'abord de pitié pour son jeune adversaire, il chassa bientôt ce sentiment, n'écoutant plus que son instinct de conservation et céda enfin au seul plaisir de tuer. Dix mille ans de civilisation s'évanouirent. Il n'y eut plus qu'un habitant des cavernes se battant pour la femme de son choix.

Son couteau atteignit l'Ours par deux fois ; mais à la troisième, la lame de l'Indien fit mouche[1] à son tour et Mackenzie dut s'aider de sa main libre pour détourner le bras armé de l'Ours. Ils luttèrent au corps à corps. Mackenzie put éprouver la force formidable de son adversaire : boules de muscles nouées ; tendons et nerfs bandés à se rompre.

La lame effilée se rapprochait dangereusement ; il dut faire un effort terrible pour se dégager. Le cercle des spectateurs se resserra pour ne rien perdre de l'estocade[2] finale.

Mackenzie avait une vieille expérience de lutteur. Il se dégagea sur le côté et donna un grand coup de tête à son adversaire, qui dut reculer, en perte d'équilibre. Déjà Mackenzie s'abattait sur lui, de tout son poids, et le terrassait sur la neige durcie. L'Ours s'affala de tout son long sur le dos.

– Ô mon mari !

---

1. Fit mouche : toucha sa cible.
2. Estocade : coup d'épée qui achève l'adversaire.

Le cri de Zarinska précipita Mackenzie sur le sol. Bien lui en prit. On entendit se détendre un arc et presque aussitôt une flèche, passant au-dessus de Mackenzie, vint se ficher dans la poitrine de l'Ours. Le chasseur blanc se releva d'un bond ; mais l'Ours restait à terre, inerte. Déjà le Shaman bandait son arc pour la seconde fois. Mackenzie fut le plus rapide. Son lourd couteau, lancé d'une main sûre, traversa l'espace comme un éclair, accrochant au passage l'éclat du foyer et s'enfonça jusqu'au manche dans la poitrine du sorcier. Celui-ci tituba avant de s'abattre, le visage dans les cendres incandescentes[1] du brasier.

Cliquetis métallique. Le Renard s'était à son tour emparé de la carabine de Thling Tinneh ; mais aucune balle n'en jaillit et il abaissa son arme, tout penaud devant Mackenzie qui s'étranglait de rire.

– Le Renard devra apprendre à se servir de ce jouet. Pour l'heure il n'est rien plus qu'une femme.

« Venez, Renard, donnez-moi la carabine. Je vais vous montrer ; allons, n'hésitez pas, venez.

Tête basse et traînant la savate, l'air d'un chien battu, le Renard finit par s'avancer. Mackenzie glissa une balle dans le canon de la carabine et épaula.

– Voilà comment on s'y prend, dit-il.

« Le Renard a promis de grands prodiges pour cette nuit, poursuivit-il. Le Renard ne s'est pas trompé ; nous avons en effet été témoins de hauts faits[2]. Mais ceux du

---

1. Incandescentes : brûlantes.
2. Haut fait : exploit.

Renard ne sont pas les plus remarquables. Je lui pose donc la question : veut-il toujours Zarinska dans sa cabane ? Préfère-t-il suivre le même chemin que l'Ours et le Shaman ? C'est non ! Alors tout va bien.

Superbe[1] et dédaigneux, Mackenzie fit demi-tour et arracha son couteau de la poitrine du sorcier.

– D'autres jeunes gens veulent-ils entrer dans l'aire[2] de combat ? Le Loup les tuera tous, par deux et par trois, jusqu'au dernier. Pas de volontaire ? Très bien.

« Thling Tinneh, je te fais donc une nouvelle fois don de cette carabine. Si plus tard tes pas te mènent jusqu'au pays du Yukon, sache qu'il y aura toujours pour toi gîte et couvert en abondance chez le Loup. Déjà le jour s'annonce... Je pars... Mais je reviendrai peut-être. Et je vous le redis encore une fois... N'oubliez pas la loi du Loup.

L'assemblée ne doutait guère qu'il fût un être surnaturel au moment où il rejoignit Zarinska. La jeune fille se plaça en tête de l'attelage et les chiens se mirent aussitôt en mouvement. Ils eurent bientôt disparu sous le couvert de la forêt.

Mackenzie, lui, s'attardait encore. Enfin il chaussa ses patins, prêt à prendre la piste.

– Loup !

« Le Loup aurait-il oublié les cinq paquets de tabac ?

Furibond, Mackenzie fit volte-face. Puis le côté comique de la situation l'amusa.

---

1. Superbe : fier.
2. Aire : surface.

– En voici un petit, prends !
– Comme il plaira au Loup, acquiesça le Renard, d'une voix douce, en étendant la main.
... Et il s'éloigna.

Le Grand Silence Blanc

– Carmen n'en a plus pour deux jours !

Mason cracha un morceau de glace et eut un regard de pitié pour la pauvre bête. Puis il porta à sa bouche une des pattes du chien, cassant avec ses dents les glaçons accumulés entre les doigts de l'animal, et qui devaient le faire cruellement souffrir.

– Ces chiens aux noms d'opéra[1], il n'y en a pas un qui vaille un kopeck[2], grommela-t-il en repoussant «Carmen» sur le côté. Leurs forces sont trop faibles pour supporter des titres aussi lourds. A-t-on par contre jamais vu mal tourner un chien baptisé de façon raisonnable : Cassiar, Siwash ou Husky ? Jamais monsieur ! Voyez Shookun ; celui-là c'est...

D'un bond, le chien efflanqué[3] fut sur Mason, et ses crocs frôlèrent le cou de son maître.

– Ah tu veux mordre ?

Un coup de manche du fouet, asséné adroitement sur

---

1. Ces chiens aux noms d'opéra : *Carmen* est le nom d'un opéra célèbre de Georges Bizet (1875).
2. Kopeck : sou (familier).
3. Efflanqué : squelettique.

la nuque, étendit le chien frémissant sur la neige. Une bave jaune pendait de sa gueule.

– Qu'est-ce que je te disais ? Ah oui, Shookun. Un vigoureux, celui-là. Voulez-vous parier qu'avant la fin de la semaine il aura mangé Carmen ?

– Je te retourne le pari, répliqua Malemute Kid, qui présentait un morceau de pain gelé à la flamme pour l'attendrir. Parions qu'avant la fin du voyage, nous mangerons Shookun. Qu'en pensez-vous, Ruth ?

La jeune femme s'affairait à la confection du café. Elle avait déposé un morceau de glace sur la mixture pour la faire passer. Son regard allait de Malemute Kid à son mari, puis s'attardait sur les chiens. Mais elle laissa la question de Kid sans réponse. Tout était trop évident pour nécessiter des commentaires. Deux cent milles à parcourir dans la neige, six jours de marche au moins avec peu de vivres pour chacun d'eux et pour les chiens : il n'y avait pas d'issue. Groupés autour du feu, les deux hommes et la femme entamèrent leur maigre repas. C'était la halte de la demi-journée. Aussi les chiens restèrent-ils sous le harnais[1], jetant des regards d'envie à chaque bouchée avalée par leurs maîtres.

– Plus de repas aujourd'hui, dit Malemute Kid. Voilà le dernier. Il faudra avoir l'œil sur les chiens, car ils deviennent méchants. Ils pourraient bien à l'occasion terrasser un homme.

– Quand je pense que naguère j'étais président

---

1. Harnais : courroies servant à attacher les traîneaux.

à Epworth et que je donnais des leçons à l'École du dimanche[1] !

Cette réflexion, qui n'avait aucun rapport visible avec la situation présente, plongea Mason dans des abîmes de réflexion. Il contemplait rêveusement ses mocassins fumants. En lui remplissant sa tasse, Ruth le ramena à la réalité.

– Nous ne manquons pas de thé, Dieu merci. Et je l'ai vu pousser, ce thé, dans le Tennessee[2] ! Ah, je donnerais n'importe quoi pour un peu de maïs grillé. Peu importe, Ruth. Tu n'as plus longtemps à souffrir de la faim. Et bientôt tu ne porteras plus de mocassins.

Ces paroles firent s'envoler la tristesse de la jeune femme. Elle eut un long regard affectueux pour Mason, le seul homme qu'elle eût rencontré, le premier en tout cas qu'elle ait vu traiter sa femme autrement que comme une bête de somme ou un animal sauvage.

– Oui, Ruth, continua-t-il. Laisse-moi régler toutes mes affaires et nous partirons pour un pays très beau. Le canot de l'homme blanc nous conduira sur le Lac Salé. Très grande eau. Très méchante. Mer mauvaise. Montagnes très hautes qui montent et qui descendent. Cette grande chose, c'est loin, très loin. Oui ! On voyage dix jours, vingt jours. Quarante jours. Et toujours de l'eau, de l'eau mauvaise.

Il employait avec elle un jargon qui leur permettait de se comprendre et comptait sur ses doigts.

---

1. École du dimanche : chez les protestants, cours d'instruction religieuse.
2. Tennessee : État du sud des États-Unis.

– Alors, on arrive dans un grand village. Wigwams[1] très hauts ; plus hauts que dix, vingt sapins. Et des gens partout et aussi les mêmes moustiques que l'an passé.

Il se tut, jetant un regard implorant à Malemute Kid pour lui indiquer qu'il ne pouvait s'exprimer plus clairement. Ces pins placés bout à bout à grand-peine, dans une mimique[2] approximative, suscitèrent un sourire de joyeuse incrédulité[3] chez Malemute. Mais les yeux de Ruth, eux, s'agrandirent d'étonnement ravi. Sans doute pensait-elle que son mari galéjait[4] quelque peu ; mais elle lui était reconnaissante de sa bonne volonté à la consoler.

– Alors tu entres dans une boîte ; et vlan ! te voilà partie.

Pour illustrer son propos, il lança sa tasse en l'air et la rattrapa adroitement.

– Boum ! Tu arrives. Grands, savants docteurs. Tu vas à Fort Yukon[5]. Moi je pars à Artic City. Vingt jours de distance. Et des grands cordons tout au long. J'attrape le cordon et je dis : « Allô, Ruth ? Vas-tu bien comme il faut ? » Et tu demandes : « Est-ce là mon très cher mari ? – Oui. – Et tu dis : « Plus de bon soda. Personne ne cuit de bon pain. » Et moi : « Regarde dans la réserve et tu trouveras beaucoup de soda. » Tout le temps comme cela ; toi à Yukon et moi à Artic. Hi… Hi… Grands, savants docteurs…

---

1. Wigwam : hutte des Indiens.
2. Mimique : gestes qui imitent.
3. Incrédulité : doute, méfiance.
4. Galéjait : exagérait.
5. Fort Yukon : village situé sur la rive nord du fleuve Yukon, en Alaska.

Ce conte de fées amena un sourire si ingénu[1] sur les lèvres de Ruth que les deux hommes s'esclaffèrent.

Mais une querelle entre les chiens rompit le charme. Le temps de séparer les hargneux bagarreurs, Ruth avait déjà serré les courroies des traîneaux. On était prêt à partir.

– Hue ! hue ! en avant !

Mason fit claquer son fouet avec énergie, mais les chiens geignaient sous leurs traits. Il s'aida du bâton qui servait à diriger pour faire démarrer le traîneau. Ruth suivait avec le deuxième ; Malemute Kid, qui l'avait aidée à démarrer, fermait la marche avec un troisième.

Malemute était un colosse, capable de terrasser un bœuf d'un seul coup. Il ne supportait pas pour autant qu'on battît les pauvres chiens et tolérait leurs caprices avec une complaisance tout à fait inhabituelle chez les conducteurs de traîneaux. Mieux : il participait à leurs souffrances en pleurant avec eux :

– Allons ; en route ! Marchez, pauvres petites bêtes. Vos pattes vous font mal, mais il faut partir.

Après plusieurs essais infructueux, son traîneau s'ébranla.

C'en était fini des bavardages. Rien ne devait distraire les trois voyageurs de leur rude tâche. Et il n'en existe pas de plus dure que de se tailler un chemin dans la neige épaisse du Northland. Heureux l'homme qui réussit à couvrir une journée de marche sans encombre

---

1. Ingénu : innocent.

sur un chemin déjà battu, au prix d'un silence que rien ne trouble ! Que dire alors du travail de celui qui doit se frayer sa propre route dans la neige du Grand Nord ? Chaque pas enfonce les grands souliers palmés dans la neige jusqu'au genou. Il faut alors extirper le pied bien droit, car une déviation d'un quart de pouce[1] provoquerait des catastrophes, et, une fois revenu à la surface, faire un pas en avant. Le second pied doit alors se lever à cinquante centimètres, perpendiculairement au premier et ainsi de suite… Le novice[2] est vite épuisé et abandonne au bout de cent mètres, même s'il a couvert cette distance sans accrocher ses chaussures, ou sans tomber en avant sur un terrain semé de chausse-trapes[3]. Celui qui tient toute une journée, à l'écart de la trace des chiens, a bien droit à se glisser dans un sac de couchage et dormir du sommeil du juste une nuit entière, justement fier d'un exploit sans égal. Quant à voyager plus de vingt jours sur une route, déjà tracée pourtant dans la neige, cela relève du privilège des dieux.

Le grand silence blanc oppressait les voyageurs. Tout au long de l'après-midi, ils cheminèrent sans prononcer un mot.

La nature dispose de mille moyens pour rappeler à l'homme qu'il est mortel : le rythme incessant des marées, le déchaînement des tempêtes, les séismes, le roulement terrifiant de l'orage ont à ce titre une grande force de conviction. Mais rien n'est plus prodigieux,

---

1. Pouce : ancienne mesure de longueur équivalant à 2,7 centimètres.
2. Novice : débutant.
3. Chausse-trape : piège.

rien n'est plus stupéfiant que la démonstration inerte du « Grand Silence Blanc ». Tout est immobile ; le ciel s'éclaircit et revêt des tons cuivrés ; le moindre murmure est ressenti comme une profanation[1]. L'homme alors devient timide et s'effraie de sa propre voix. Il prend conscience qu'il est la seule étincelle de vie dans cette immensité morte ; son audace le confond[2] ; il réalise qu'il n'est rien de plus qu'un ver de terre et que son existence n'a pas de prix. D'étranges pensées traversent le désert de son esprit ; il est écrasé par le mystère. La mort, Dieu, l'univers l'étreignent d'angoisse ; il se prend à espérer une autre vie au-delà de sa résurrection[3]. Il aspire à une immortalité qui brisera les chaînes de son moi[4] captif. C'est alors – ou ce ne sera jamais – que l'homme marche seul à seul avec Dieu.

Ainsi coulait le temps, vers la tombée du jour. Le lit du fleuve décrivait une grande courbe et Mason décida de couper court à travers une étroite langue de terre. Mais le talus qui se dressait devant les chiens était trop raide. Ruth et Malemute Kid s'arc-boutaient sur le traîneau ; les chiens glissaient sans répit. Enfin les efforts conjugués de tous réalisèrent un miracle : les pauvres bêtes, épuisées par la faim, donnèrent tout ce qui était en elles et, à grand-peine, le traîneau se hissa jusqu'à la crête où il resta en équilibre.

Malédiction ! Le chien de tête dévia légèrement sur

---

1. Profanation : sacrilège.
2. Confond : remplit d'un grand étonnement.
3. Résurrection : retour à la vie.
4. Moi : âme.

la droite, imprimant la même direction au reste de l'attelage. La file heurta les patins de Mason et les endommagea. Mason perdit l'équilibre ; un des chiens s'abattit et le traîneau dégringola jusqu'au bas de la pente. C'était un véritable désastre.

Hors de lui, Mason cingla les chiens de son fouet, s'acharnant avec une particulière cruauté sur celui qui était tombé.

– Arrête-toi, Mason, je t'en supplie, lui criait Malemute Kid. Le pauvre chien ne tient plus sur ses pattes. Laisse-moi mettre mon attelage.

Mason se tint coi tant que son compagnon parla. Mais la phrase était à peine terminée que sa lanière siffla à nouveau et s'abattit sur le chien coupable. Carmen – c'était Carmen – s'affaissa dans la neige et se mit à gémir, doucement, puis roula sur le côté.

Moment pénible, triste incident sur cette route : un chien moribond[1], deux compagnons en colère. Ruth promenait son regard de l'un à l'autre avec sollicitude[2]. Malemute Kid se contint ; seul son regard exprimait sa réprobation[3]. Il coupa les courroies qui retenaient le chien. Aucune parole ne vint rompre le silence.

On doubla l'attelage et les traîneaux se remirent en mouvement.

On s'en était sorti encore une fois. À l'arrière la bête mourante se traînait comme elle le pouvait ; car on ne tue pas l'animal qui respire encore ; il a encore sa

---

1. Moribond : qui est presque mort.
2. Sollicitude : attention.
3. Réprobation : désapprobation, désaccord.

chance, celle de ramper dans le camp et de refaire ses forces si par hasard on tue un moose, réserve appréciable de nourriture.

Mason regrettait sa colère mais il était trop fier pour en réparer les conséquences ou s'excuser. Il se plaça en tête de la cavalcade[1], ne se doutant pas qu'il allait vers un terrible danger.

Le bas-fond qu'ils traversaient était recouvert de grands arbres, au milieu desquels ils eurent beaucoup de peine à se frayer un chemin. Un pin immense poussait à cet endroit, marqué par le destin depuis des générations. Il dominait la route à une distance d'une vingtaine de mètres comme une sentinelle, guettant le passage de Mason.

Ce dernier se baissa pour resserrer la courroie relâchée d'un de ses mocassins. Les traîneaux s'immobilisèrent et les chiens se couchèrent sur la neige sans un murmure. Pas un souffle ne glissait entre les fûts[2] durcis par le gel ; calme parfait, le silence et le froid avaient figé la nature.

Une sorte de soupir traversa l'espace. Ils le sentirent plus qu'ils ne l'entendirent, signe imperceptible au sein du vide immobile. L'heure était venue pour le grand arbre, alourdi par la neige et les ans, de jouer son rôle dans le drame de la vie. Quand Mason entendit le craquement sinistre, il était déjà trop tard. Il voulut se

---

1. Cavalcade : course.
2. Fût : partie d'un tronc d'arbre entre le sol et les branches.

relever, et c'est debout qu'il reçut le coup formidable sur ses épaules.

Malemute Kid avait eu cent fois l'occasion d'affronter le danger imprévu ou la mort fulgurante. Les aiguilles de pin frappées au passage par la chute du géant frissonnaient encore qu'il était déjà debout, donnant des ordres et s'affairant. La jeune Indienne ne s'était pas évanouie ; elle ne poussait pas non plus de cris hystériques comme l'auraient fait sans doute ses sœurs de race blanche. Obéissant à Malemute Kid, elle pesait de tout son poids sur un levier afin de soulager le corps écrasé de Mason, tandis que Malemute attaquait le bois à la hache. L'acier sonnait clair contre le tronc gelé et chaque coup s'accompagnait – han ! – de la respiration forte du bûcheron.

Kid put enfin étendre sur la neige le corps pitoyable de son compagnon. Pire que la douleur de son camarade était l'angoisse muette de la jeune femme, son regard anxieux, où la crainte le disputait à[1] l'espoir. Peu de mots furent échangés. Dans le Grand Nord on attache plus de valeur aux actes qu'aux discours.

À -25, un homme ne peut survivre s'il est étendu dans la neige. Les courroies qui serraient le chargement furent coupées à la hâte. Malemute et Ruth enveloppèrent Mason de fourrures et le placèrent sur un lit de branchages devant un grand feu alimenté par les rameaux[2] de l'arbre meurtrier. Une sorte d'écran de

---

1. Le disputait à : essayait de l'emporter sur.
2. Rameau : petite branche.

toile, disposé le mieux possible, recueillait la chaleur et la réverbérait[1] sur le blessé, installation de fortune dont l'efficacité est évidente pour tous ceux qui ont appris les lois de la physique dans le contact vrai avec la nature.

Les blessures de Mason étaient affreuses. Le bras et la jambe du côté droit cassés, les reins brisés, tout le bas du corps paralysé et, vraisemblablement, avec de sérieuses lésions[2] internes, c'était un mort en sursis. Seul un faible gémissement indiquait de temps à autre qu'il vivait encore. Les hommes qui ont souvent côtoyé la mort savent quand l'heure est venue, qu'il n'y a plus rien à faire, plus rien à espérer.

La nuit avait commencé sa marche impitoyable. Ruth se tenait là, digne et stoïque[3] sous la morsure du désespoir ; mais le visage cuivré de Malemute Kid s'était creusé de nouvelles rides.

Mason, lui, souffrait moins qu'eux. Les scènes de son enfance entourée par les hautes montagnes du Tennessee avaient réinvesti sa mémoire. Qu'il était touchant de l'entendre décrire dans son délire ses chasses au rat, ses excursions à la recherche des melons d'eau, ses baignades dans les étangs, souvenirs de la patrie oubliée ! Pour Ruth, tout cela était de l'hébreu[4], mais Kid y était sensible et partageait avec son compagnon la nostalgie de l'homme exilé depuis de nombreuses années de la civilisation.

---

1. Réverbérait : renvoyait.
2. Lésion : blessure.
3. Stoïque : imperturbable.
4. Hébreu : ici, langue incompréhensible.

Au petit matin le blessé reprit connaissance et Malemute Kid se pencha vers lui pour recueillir ses paroles, faibles et entrecoupées.

– Te rappelles-tu quand nous nous sommes rencontrés sur les bords du Tanara ?... Ça fera quatre ans au printemps... Elle ne m'intéressait guère alors. Pourtant elle était jolie et j'étais tout surexcité ; et je me suis décidé... Veux-tu que je te dise ? J'ai bien réfléchi à ce sujet. Elle a été une bonne épouse pour moi, toujours là dans les moments difficiles. Il n'y en a pas une comme elle pour le commerce. Tu te souviens, aux rapides de Moosehorn comme elle nous a arrachés tous les deux à la mort ? Et quand la famine s'est abattue sur Mukluyete ? Elle courait plus vite que les glaces au moment du dégel pour apporter les nouvelles. Oui, elle a été une bonne femme pour moi, bien meilleure que l'autre.

« Parce que tu ne sais pas ? Je ne t'en ai jamais parlé ? J'ai essayé déjà une première fois... On avait été élevés ensemble... Puis je suis parti pour qu'elle obtienne le divorce. Mais ça n'a rien à voir avec Ruth.

« J'aurais voulu régler mes affaires et partir l'an prochain avec elle, m'installer au sud du Yukon. Trop tard !

« Ne la renvoie pas chez les siens, Kid ! Retourner là-bas, ce serait trop dur pour une femme. Imagine : depuis près de six ans, elle a eu droit au porc, aux haricots, à la farine, aux fruits secs. Tu voudrais qu'elle retourne à son poisson salé ?

« Elle ne peut revenir chez les Indiens maintenant qu'elle a pris notre manière de vivre, qui est bien meilleure, elle l'a bien compris. Mais pourquoi je te demande cela, Kid ? Tu as toujours eu peur des femmes. Tu ne m'as jamais dit ce qui t'avait amené dans ce pays... Prends soin d'elle, Kid ! Sois bon et renvoie-la aux États-Unis dès que tu le pourras. Pourtant, si elle avait le mal du pays, arrange-toi pour qu'elle retourne parmi les siens.

« Et l'enfant ? Il sera bientôt là, Kid. Ce sera un garçon, j'y compte bien. Tu te rends compte, la chair de ma chair !... Faut pas qu'il reste dans ce pays. Et si c'est une fille... Non, ce n'est pas possible. Vends mes fourrures ; ça fera cinq mille dollars pour le moins. J'en ai autant à la Compagnie. Fais pour mes affaires comme pour tes affaires. Je crois qu'il y a aussi quelque chose à tirer du terrain que j'ai choisi...

« Mon fils doit recevoir une bonne éducation. Veilles-y. Mais surtout, Kid, ne le laisse pas venir par ici ! Ce n'est pas un pays pour les Blancs.

« Je suis fini, Kid. Encore trois jours, tout au plus...

« Continuez votre chemin, il le faut. Réfléchis, Kid, c'est pour ma femme, pour mon enfant. Mon Dieu ! Pourvu que ce soit un garçon ! Ne restez pas là, près de moi, je vais mourir. Non, non, ni elle ni toi. Vous devez partir. Au moment de mourir, je t'adjure de partir, Kid ! Poursuis ta route.

Kid lui répond :

– Je t'en prie Mason, accorde-moi trois jours. Trois jours. Ton état peut s'améliorer, qui sait ? Tout peut arriver.

– Non.

– Seulement trois jours.

– Faut partir en avant.

– Deux jours.
– Il s'agit de ma femme et de mon fils, Kid. Comment peux-tu parler ainsi ?
– Un jour.
– Non, je t'en supplie… Non !
– Un tout petit jour. Nous allons rationner la nourriture au plus juste. Je vais peut-être tuer un moose.
– Non… et puis, si. Un jour d'accord, mais pas une minute de plus. Kid, il y a autre chose. Ne me laisse pas crever tout seul. Finis-moi d'un coup de fusil. Juste ton doigt sur la détente. Tu me comprends, dis ?

« Songes-y. Songes-y bien. La chair de ma chair. Dire que je ne serai plus là pour le voir… Envoie-moi Ruth. Je veux lui dire adieu et lui demander de ne pas attendre que je sois mort pour partir… Il faut qu'elle pense à l'enfant. Si je ne lui parle pas, elle refusera peut-être d'aller avec toi. Adieu, vieux copain. Adieu.

« Autre chose, Kid. Creuse un trou au-dessus de celui du petit chien, près de la route, tu vois, juste à l'endroit où j'ai ramené quarante "cents" de poussière d'or sur ma pelle, un jour.

« Kid ?

Kid se pencha un peu plus pour recueillir les dernières paroles de l'agonisant.

– Tu sais, Kid, je suis fâché… très fâché, pour Carmen.

Au moment de partir, il s'humiliait dans son orgueil.

Laissant la jeune femme pleurer en silence près de l'homme qu'elle aimait, Kid enfila sa parka, chaussa ses patins et s'en alla sous les arbres, la carabine au creux du bras. Il avait l'habitude des sévères épreuves imposées par le Grand Nord, mais il ne s'était jamais trouvé confronté à un problème aussi ardu[1]. Mathématiquement, la formule était d'une limpide simplicité ; trois vies possibles contre une condamnée. Pourtant, il hésitait. Cinq années de vie commune sur les fleuves et sur les pistes, avec les routes à tracer dans la neige, cinq années dans les camps, dans les mines, mille fois la mort, la famine, l'inondation avaient forgé une amitié solide. Cette union si étroite n'avait pas été sans susciter un peu de jalousie chez Ruth, il l'avait bien senti. Et aujourd'hui il devait casser cette chaîne de ses propres mains.

Il ne trouva pas le moose dont ils avaient un si pressant besoin ; toute espèce de gibier avait déserté la contrée. La nuit venue, à bout de forces, il se glissa dans le campement, le cœur lourd et les mains vides.

Un grand tapage d'aboiements, que couvraient par instants les cris de Ruth, lui fit hâter le pas. Les chiens avaient enfreint[2] la règle impitoyable imposée par leurs maîtres et s'étaient jetés sur les provisions. La jeune Indienne, une hache à la main, se débattait au milieu de la meute hurlante. Il fonça et se mit de la partie, empoignant sa carabine par le canon et donnant de la crosse au hasard dans le tas. C'était une fois de plus à qui serait le plus fort, dans cette nature sauvage et primitive, impitoyable aux faibles.

---

1. Ardu : difficile.
2. Avaient enfreint : n'avaient pas respecté.

La hache et le fusil se levaient et retombaient selon un rythme monotone, faisant mouche parfois, manquant leur but d'autres fois. Des corps souples, aux yeux féroces, à la gueule écumante, traversaient l'espace ; c'était la lutte sans merci de l'homme et de la bête.

À l'issue du combat, les chiens, vaincus, regagnèrent le feu en rampant, léchant leurs blessures et lançant aux étoiles leurs cris de souffrance.

Ils avaient dévoré toute la provision de saumon séché. Il ne restait aux voyageurs que cinq livres de farine à peine, seule réserve de nourriture pour un parcours de deux cents milles à travers la sauvage solitude. Malemute Kid dépeça le corps encore chaud d'un des chiens, tandis que Ruth retournait auprès de son mari. Il mit soigneusement de côté les différents morceaux, ne rejetant que le cuir et les débris qu'il lança à ses adversaires de tout à l'heure.

Le matin apporta de nouveaux ennuis. Folles de fringale, les bêtes se précipitèrent les unes sur les autres. Carmen, qui se cramponnait à un reste de vie, fut achevée par ses camarades. Le fouet n'y fit rien. Les chiens se courbaient sous la douleur, hurlaient sous les coups, mais n'en continuaient pas moins. Ils restèrent agglutinés tant qu'il resta un quelque chose de la pauvre bête. Bientôt, tout eut disparu, la peau, les os et les poils !

Dans son délire, Mason était retourné vers le Tennessee. Malemute Kid l'entendit prononcer des paroles sans suite où l'on pouvait distinguer des conseils extraordinaires adressés à ses vieux compagnons d'autrefois.

Tout en l'écoutant, Kid travaillait activement. Profitant du voisinage des pins, il confectionna sous le regard de Ruth une sorte de cachette comme en font les chasseurs qui veulent mettre leur gibier à l'abri des loups ou des chiens. Il courba deux têtes de jeunes pins l'un vers l'autre, presque jusqu'à terre et les fixa au sol à l'aide de brides en cuir de moose. Après quoi, il maîtrisa non sans peine les chiens et les attela à deux des traîneaux, sur lesquels il avait entassé la totalité des bagages, à l'exception des fourrures qui enveloppaient Mason. Celles-ci firent un linceul[1] que Malemute Kid ajusta solidement autour du corps de son ami, nouant les deux extrémités de la corde aux deux pins courbés. Un seul coup du couteau de chasse pouvait libérer les jeunes troncs et catapulter[2] le cadavre bien haut dans l'espace.

Ruth n'avait opposé aucune résistance aux dernières volontés de son mari. Pauvre femme ! Elle savait depuis toujours obéir ; toute petite, elle avait appris à s'incliner devant les maîtres de la création. Avant elle les femmes avaient agi ainsi ; elle ne soupçonnait même pas qu'il pût en être autrement.

Kid la laissa exhaler sa douleur quand elle se pencha pour embrasser son mari, habitude que ne connaissaient d'ailleurs pas les femmes de son peuple. Puis il la conduisit près du traîneau et l'aida à ajuster ses patins.

Passivement, instinctivement, elle prit le fouet d'une

---

1. Linceul : drap dans lequel on enveloppe les morts.
2. Catapulter : projeter au loin.

main, l'autre serrant la longue perche de direction, et parvint à ébranler le traîneau sur la bonne trace.

Malemute Kid revint alors près de son ami, qui venait de sombrer dans le coma. Quand Ruth eut disparu à ses yeux, il s'accroupit devant le feu et resta de longs moments à attendre, dans l'espoir que son camarade allait enfin rendre le dernier soupir.

Ce n'est pas une sensation agréable que de se retrouver seul avec ses pensées au milieu du Grand Silence Blanc. La nuit, elle, est miséricordieuse[1] ; son calme vous protège et semble vous murmurer des paroles apaisantes. Mais le Silence Blanc, luisant, clair et froid comme l'acier de la voûte céleste[2], ce silence-là est sans pitié !

Une heure passa, puis une autre : le malheureux vivait toujours. À midi, le globe invisible du soleil projeta dans l'espace une raie lumineuse vite disparue. Malemute Kid se mit sur ses pieds, s'approcha de son camarade et jeta un regard autour de lui.

Il sentait l'ironie du Grand Silence Blanc. Tout son être tremblait d'une peur immonde.

Une détonation ébranla soudain l'atmosphère. Mason fut emporté dans son sépulcre[3] aérien et Malemute Kid lança ses chiens dans une course sauvage, fuyant devant lui, à travers la plaine enneigée.

---

1. Miséricordieuse : bonne, charitable.
2. Voûte céleste : ciel.
3. Sépulcre : tombeau.

Les gens de Forty Mile

Lorsqu'il lança, sans malice aucune, dans la conversation que la glace du Yukon prenait parfois un aspect bizarre aux premiers gels, Jim Belden ne se doutait guère qu'il allait déclencher une série de fâcheux événements. Lon Mac Fane non plus, quand il ajouta que cette bizarrerie n'était rien comparée à celle de la glace de fond.

Bettles lui avait aussitôt répliqué qu'il n'existait pas de glace semblable : prétendre le contraire relevait du bourrage de crâne.

– Quel culot ! riposta Lon Mac Fane. C'est toi, Bettles, qui oses me contredire, toi un vieux routier du Grand Nord, avec qui j'ai souvent partagé ma gamelle !

– Parfaitement, insista Bettles. Écoute, fais marcher ta cervelle, s'il te plaît. L'eau est moins froide que la glace, n'est-ce pas ? Il est donc absurde...

– Oh la différence est minime... Tu n'en trouves même aucune quand tu passes au travers.

– N'empêche ! Il y a une différence. La preuve que l'eau est moins froide, c'est qu'elle n'est pas gelée. Dans ce cas comment pourrait-il se former de la glace au-dessous d'elle ? Tu nous fais suer avec ta glace de fond.

– Elle existe pourtant. Quand tu laissais dériver ton canot sur l'eau froide, limpide comme du cristal, n'as-tu jamais vu monter du fond une bouillie glacée, formant de grosses bulles et troublant l'eau comme un nuage qui passe devant le soleil ? Ne l'as-tu pas vue s'étaler à la surface, en flocons blancs, comme de la neige fraîche ?

– Hum ! Peut-être bien qu'une ou deux fois, j'ai vu quelque chose comme cela quand je m'étais assoupi au gouvernail. Mais ces flocons-là ne venaient pas du fond du fleuve. Ils avaient été apportés par un affluent.

– Et quand il n'y avait pas d'affluent ? Et quand tu ne roupillais[1] pas au gouvernail ?

– Radote pas, je te dis ! La glace de fond ne résiste pas au raisonnement le plus simpliste. J'en prends tous les gars d'ici à témoin.

Il s'adressait à tous les hommes du fort qui faisaient cercle autour du poêle. Personne ne répondit. Mais la discussion s'envenimait entre Bettles et Lon Mac Fane.

– Il n'y a pas de raisonnement qui tienne. Je raconte ce qui est vrai. Pas plus tard que le dernier automne, mon guide indien, Sitka Charley et moi, on descendait en pirogue le rapide au-dessus de Fort Reliance. Tu le connais bien, Bettles. Il faisait un temps splendide. Rien d'anormal. Le soleil jouait sur les mélèzes[2] dorés ; les bouleaux frissonnaient dans la lumière qui scintillait sur les rides de l'eau. Mais on sentait déjà venir la brume bleue du nord et le froid de l'hiver derrière ces derniers

---

1. Roupillais : dormais (familier).
2. Mélèze : conifère adapté à un climat très froid.

beaux jours. Et nous avons vu se produire le phénomène. Quel spectacle !

Sur les bords du fleuve s'était déjà formée une frange légère de glace, qui, avec le courant, s'épaississait dans les anses[1]. On respirait un air vif et pur. Chaque bouffée était comme un nouveau bail[2] avec la vie qui passait dans le sang. Dans ces circonstances-là, mon gars, la Terre te semble trop petite tellement l'envie d'aller loin, toujours plus loin, te démange aux talons.

Bon… Je m'éloigne de mon sujet. Comme je te le disais, Sitka Charley et moi, nous étions en train de pagayer et on ne voyait pas d'autre glace que sur la rive quand, soudain, l'Indien leva sa rame et me dit : « Regarde au-dessous de nous, Lon Mac Fane, regarde donc ! J'avais déjà entendu parler de cette glace de fond, mais je n'avais jamais pu vérifier moi-même. Bizarre, étrange ! »

Sitka était comme moi nouveau venu dans la région et ce phénomène était pour nous tout à fait inédit[3]. Nous avons donc laissé le canot glisser au ralenti et, penché chacun d'un bord, nous avons scruté les profondeurs de l'eau étincelante.

Je me serais cru revenir à mon premier métier de pêcheur de perles, à l'affût sur les bancs de coraux qui font de si jolis jardins au fond de la mer. La glace de fond se formait autour de chaque caillou, de chaque rocher,

---

1. Anse : courbure du fleuve.
2. Bail : contrat.
3. Inédit : nouveau.

comme un corail blanc. Je n'étais pas au bout de la merveille. À peine avions-nous franchi les rapides que c'est le fleuve tout entier qui se mit à ressembler à du lait et qu'une multitude de petits cercles parsemèrent la surface, comme ces gouttes de brume qui tombent du ciel au crépuscule. C'est la glace de fond qui montait. Partout où on posait les yeux, à droite et à gauche, c'était le même spectacle. Une étendue de bouillie, couleur d'opale[1], s'agglutinait à l'écorce de la pirogue, collait aux avirons. Ce fut la première et la dernière fois que je vis ce prodige. Et je ne le reverrai peut-être jamais plus.

— Tu causes, tu causes, l'interrompit sèchement Bettles, mais moi, je ne tombe pas dans le panneau. Mon idée est plutôt que le soleil, se reflétant dans le fleuve, t'avait ébloui et te donnait des visions.

— Pas de mirage possible, et je n'avais pas la berlue. Si l'Indien était là, il jurerait que je ne mens pas.

— C'est contraire à toutes les lois naturelles. L'eau qui est la plus éloignée de l'air froid ne peut pas geler la première. Le raisonnement est imbattable.

— Pourtant, je l'ai vu.

— Moi, ce que j'en dis, ce n'est pas pour te mettre en colère, répliqua Bettles qui voyait s'allumer la lueur subite des fureurs irlandaises dans la prunelle de son camarade.

— Bref, tu refuses de me croire.

— J'aurais préféré que tu évites cette question.

---

1. Opale : pierre précieuse d'un blanc bleuâtre à reflets irisés.

Sincèrement, non, je ne peux pas te croire... Je me range plutôt du côté des lois de la physique.

Un éclat de menace brisa la voix de Lon Mac Fane.

– Autrement dit je suis un menteur. Tu ferais mieux, mon garçon, de prendre tes renseignements auprès de ta squaw[1] de femme. Elle te dirait si j'invente...

Ce fut au tour de Bettles d'éclater. L'Irlandais l'avait blessé au vif. Bettles s'était marié à la mission grecque de Nulato, un millier de milles en aval[2], avec la métisse[3] d'une Indienne et d'un Russe, trafiquant de fourrures. Sa femme n'était donc pas une squaw à proprement parler ; nuance peut-être, mais qui avait son importance chez les aventuriers de la Terre du Nord.

– Prends-le comme tu veux, hurla Bettles. Des menteurs, il en pleut ces jours-ci.

L'instant d'après, Lon Mac Fane bondissait sur Bettles et l'étalait au sol. La demi-douzaine d'hommes présents s'étaient aussitôt levés et avaient séparé les adversaires. Bettles se remit sur ses jambes, essuyant le sang qui coulait de sa bouche.

– On a déjà vu ceux qui prennent les coups les rendre avec intérêt, Lon Mac Fane. À ton avis, ne faut-il pas régler cette affaire en bonne et due forme ?

– Très juste, lui répondit courtoisement l'Irlandais. Jusqu'à ce jour je n'ai jamais été traité de menteur et je serais un foutu lâche si je me refusais à régler un compte comme celui-là à ta convenance.

---

1. Squaw : épouse d'un Indien.
2. En aval : du côté vers lequel descend le fleuve.
3. Métisse : personne née de parents d'origine différente.

– Tu as toujours ton petit revolver ?

Signe affirmatif.

– Alors je te conseille de t'en procurer un autre de plus fort calibre. Avec le mien, je peux te faire dans la peau des trous de la grosseur d'une noix.

– Ne t'inquiète pas. Mes balles vont s'aplatir sur ta carcasse et s'étaler comme des crêpes de plomb, avant de ressortir du côté opposé. Bon ! Où allons-nous avoir le plaisir de nous retrouver ? Il y a un coin tranquille au bord du fleuve, près du trou d'eau ; on ne peut espérer mieux.

– Parfait. Sois-y dans une heure. Je ne te ferai pas attendre.

Sourds aux remontrances[1] de leurs camarades, les deux hommes enfilèrent leurs mitaines[2] et sortirent.

La querelle était née sous le prétexte le plus futile. Mais avec ces caractères entêtés et violents, la moindre peccadille[3] virait souvent au tragique. De plus les hommes immobilisés toute la durée de l'hiver arctique buvaient et mangeaient plus que de raison et devenaient facilement irritables comme des abeilles quand la ruche est pleine.

On n'avait en effet pas mis au point encore la technique qui consiste à dégeler le gravier, ce qui permet de chercher l'or en toute saison, et l'activité des prospecteurs de Forty Mile s'arrêtait avec l'automne.

Le Pays de l'Or ne connaissait alors aucune loi. La

---

1. Remontrance : reproche.
2. Mitaine : gant.
3. Peccadille : faute sans gravité.

police montée[1] qui y circule aujourd'hui appartenait encore à l'avenir. Chaque offensé estimait donc lui-même la gravité des injures et appliquait à l'offenseur un châtiment à sa propre mesure. Mais il était rare que la communauté eût à intervenir et jamais, dans la courte histoire du camp de Forty Mile, on n'avait violé le commandement du « Tu ne mentiras point ».

Cette fois, le *casus belli*[2] était si insignifiant[3] que Jim Belden fut tout de suite approuvé quand, ayant réuni l'assemblée d'urgence, il proposa d'envoyer un messager en toute hâte au père Roubeau pour solliciter ses bons offices[4].

En fait ces hommes rudes se trouvaient devant un cas de conscience particulièrement troublant. Certes ils avaient le pouvoir du nombre et il ne leur aurait pas été difficile, s'ils en avaient ainsi décidé, d'interdire ce duel absurde. Mais leur esprit se révoltait à cette idée. Leur fruste[5] morale accordait à chacun le droit naturel du talion[6].

Malgré tout, ils ne pouvaient admettre que de bons compagnons comme Bettles et Lon Mac Fane s'entretuent. Certes l'homme qui refuse le combat est un lâche. Mais ces deux fous avaient eu grand tort de pousser la chose jusqu'au bout.

On discuta longtemps, pesant le pour et le contre.

---

1. Police montée : police à cheval.
2. *Casus belli* : acte risquant d'entraîner la guerre.
3. Insignifiant : sans importance.
4. Bons offices : services.
5. Fruste : rudimentaire, très peu élaborée.
6. Talion : châtiment du coupable à la hauteur de celui subi par la victime.

On discutait encore lorsqu'un crissement de mocassins sur la neige gelée se fit entendre. Presque aussitôt une détonation et de grands cris ébranlèrent l'atmosphère ; la porte s'ouvrit en coup de vent et Malemute Kid fit son entrée, son colt fumant encore à la main. Il avait l'air très satisfait.

— J'ai fini par l'avoir, dit-il en glissant une cartouche neuve dans son revolver.

— Lequel, Croc-Jaune ? demanda Mackenzie.

— Non. L'autre, celui qui a l'oreille fendue.

— Sacrement ! Ils sont donc tous enragés !

— Va savoir ! Ce qu'il y a de sûr, c'est que tous nos chiens deviennent fous les uns après les autres, et ce matin, moi, j'ai failli devenir veuf. Croc-Jaune s'était jeté à l'improviste sur ma femme. Zarinska n'a eu que le temps de lui lancer un jupon à la gueule et de déguerpir après une cabriole dans la neige. Croc-Jaune a regagné les bois en emportant le jupon. Qu'il y reste et n'en revienne plus !

— Même chose pour moi, déclara Jim Belden. Sookum était le meilleur de mes chiens. Ce matin, il a filé comme un fou. Deux minutes plus tard, les chiens de Sitka Charley lui sont tombés dessus et l'ont coursé tout au long de la rue. Finalement deux d'entre eux ont filé avec Sookum. Sitka n'est pas près de les revoir. À ce train-là, on aura vite fait de compter nos bêtes au printemps.

— Les hommes aussi, déclara Mackenzie.

— Qu'est-ce que ça veut dire ? interrogea Malemute Kid. Encore des pépins[1] ?

---

1. Pépin : ennui (familier).

– Il y a que Bettles et Lon Mac Fane viennent de s'accrocher. Actuellement ils sont en route pour se rencontrer sur le terrain. Le lieu a été fixé près du trou d'eau, au bord du fleuve.

Malemute se fit raconter toute l'histoire. Cet homme sage, au jugement droit, exerçait une grande influence sur ses camarades. Ses ordres étaient toujours suivis à la lettre. Il réfléchit longtemps, fronçant le sourcil. Enfin, il déclara qu'il se chargeait de l'affaire.

– Je ne prétends pas leur interdire le droit de se battre ; mais je les mets au défi d'en rien faire. Vous verrez : j'ai une idée splendide. Quand deux hommes se battent, ils jouent leur vie, d'accord ? Ils jouent, mais chacun se dit qu'il a une chance d'en sortir. Mais si vous leur enlevez cette chance, ils hésitent du même coup.

Dis donc, patron, demanda-t-il au chef du poste, veux-tu être assez aimable pour me mesurer trois toises de corde de manille[1] ? La meilleure évidemment ; de la corde d'un demi-pouce.

Et se levant, il conclut sur un ton solennel :

– La leçon va servir à plus d'un, j'en suis sûr.

Il enroula la corde du chef de poste autour de son bras et sortit, suivi de la cohorte des camarades.

La troupe atteignit les dernières maisons du campement juste en même temps que Bettles et Lon Mac Fane, qui arrivaient chacun de leur côté. On vit enfin

---

1. Trois toises de corde de manille : six mètres environ de corde fabriquée à partir de feuilles de chanvre (récoltées à Manille, aux Philippines).

apparaître le père Roubeau, qui avait fait au plus vite lui aussi. Toutes les tentatives de conciliation échouèrent.

– Fichez-moi la paix, criait Bettles ! Ma femme n'a rien à voir avec cette histoire. De quoi se mêle-t-il celui-là ? On n'a jamais vu un tel manque de savoir-vivre.

Et il arpentait le terrain, très excité, en attendant que Lon Mac Fane fût prêt à se mettre en place. Ce dernier n'était pas d'humeur plus accommodante. Il invectiva[1] le missionnaire[2] :

– Céder, moi ? Plutôt rouler en enfer pour l'éternité, les fesses sur un lit de charbons ardents, dans des couvertures de flammes. Il ne sera pas dit que Lon Mac Fane s'est fait traiter de menteur sans réagir. Gardez vos bénédictions, père Roubeau... J'ai longtemps vécu en sauvage, mais j'ai le cœur bien accroché. Et je sais où est mon devoir.

– Mais enfin, ce n'est pas ton cœur qui est en jeu, insistait le père, tout juste ton orgueil ; un mauvais amour-propre qui te pousse à tuer ton prochain.

– Damné Français, ripostait Mac Fane, damné Français...

Et il tourna le dos brusquement au missionnaire, non sans lui avoir demandé : « Si j'y reste, direz-vous une messe à mon intention ? »

Le père Roubeau sourit sans répondre. Toute la compagnie se mit alors en route sur l'étendue blanche et immaculée du fleuve. La piste battue était juste assez

1. Invectiva : injuria.
2. Missionnaire : prêtre chargé d'évangéliser les populations locales.

large pour un traîneau de seize pouces. À droite et à gauche, une couche de neige molle s'étendait à perte de vue. Les hommes marchaient en file indienne, dans un silence total, le prêtre au milieu dans sa robe noire. Tout cela prenait une allure de convoi funèbre.

La température était étonnamment douce à Forty Mile : à peine 20 degrés Fahrenheit[1] au-dessous de zéro. Cette mollesse du temps n'apportait cependant aucune joie ; le ciel bas et lourd pesait sur le sol. L'air immobile était chargé de nuages sombres qui annonçaient une abondante chute de neige. La terre inerte paraissait indifférente et résignée. L'univers était mort !

Tout le long du trajet, Bettles s'était remémoré la querelle pour se donner du courage ; arrivé au bord du trou d'eau il exprima sa rancœur en grommelant :

– Il aurait pu se taire aussi avec sa glace de fond et laisser ma femme tranquille...

Quant à Lon Mac Fane, la gorge nouée par la colère, il se murait[2] dans un mutisme[3] farouche. À l'évidence, les deux hommes, maintenant que leur rancune se dissipait doucement, s'étonnaient du peu d'empressement de leurs camarades à les empêcher de se tuer. Ils étaient venus là comme au spectacle. On tenait donc si peu à eux ?

Il reste que Bettles comme Mac Fane se seraient fait hacher plutôt que d'avoir l'air de céder. Ils se mirent donc en ligne.

---

1. 20 degrés Fahrenheit : environ 29 degrés Celsius.
2. Se murait : s'enfermait.
3. Mutisme : silence.

– Cinquante pas ou distance double ? avait demandé Bettles.

– Cinquante pas, aboya Lon Mac Fane.

C'est alors qu'il remarqua la corde neuve apportée par Malemute Kid. La vue de cet objet insolite provoqua chez lui, il n'aurait su dire pourquoi, un mauvais frisson.

– Pourquoi cette corde ? demanda-t-il.

Pour toute réponse, Malemute Kid tira sa montre et laissa tomber froidement :

– Il conviendrait de vous hâter. J'ai de la pâte qui lève dans ma cabane et je ne voudrais pas la trouver retombée en rentrant. Et je commence à avoir froid aux pieds.

L'assistance faisait chorus[1].

– Vite, vite ! Qu'on en finisse.

Mais Lon continuait à loucher vers la corde mystérieuse. Bettles faisait de même.

– Bon. Bon. J'ai compris, disait l'Irlandais, qui essayait malgré tout de plaisanter. Mais, dis-moi, Kid, que signifie cette corde ? Elle est toute neuve. Je suppose que ta pâte n'est pas si lourde que tu aies besoin de la hisser ?

En cours de route, Malemute Kid avait informé le père Roubeau de son stratagème[2]. Dans ses mitaines, le missionnaire avait dissimulé un sourire. Et Malemute Kid prit un ton docte[3] et bien senti pour faire cette déclaration :

1. Faisait chorus : approuvait.
2. Stratagème : ruse.
3. Docte : savant.

– Cette corde, c'est à un homme que je la destine.

Bettles eut un haut-le-corps. Sa voix tremblait légèrement quand il demanda :

– Quel homme ?

– L'un des deux.

– Ce n'est pas clair ; explique-toi.

– Écoute-moi donc, toi aussi, Lon Mac Fane. Les camarades et moi, nous avons examiné votre litige[1]. Voici nos conclusions : nous savons que nous n'avons pas le droit de vous empêcher de vous battre.

– Exact, acquiesça Lon Mac Fane, tandis que Bettles approuvait d'un hochement de tête.

– Aussi ne le tenterons-nous pas. Vous êtes libres. Par contre, voici ce que nous avons décidé. Ce duel doit servir de leçon et d'exemple à tous les Chechaquos, mangeurs de pain frais, qui montent ou descendent le Yukon. Bref : le survivant sera pendu à l'arbre le plus proche. Et maintenant, allez-y.

Lon Mac Fane resta interdit[2] une seconde ; puis il haussa les épaules.

– C'est de la blague. Allez, Bettles, compte les pas : cinquante ! Nous tirerons tant qu'il n'y aura pas un de nous deux à terre, et pas de chiqué[3].

Mais Bettles semblait hésiter.

– N'aie pas peur, David. Ils n'auraient pas le courage de faire ce qu'ils disent. Leur menace est ridicule. Ils bluffent. Ce n'est pas pour rien que Kid est yankee.

1. Litige : conflit.
2. Interdit : extrêmement surpris.
3. Pas de chiqué : rien de simulé, de faux.

Il se mit en garde en ricanant. Mais Malemute Kid le retint par le bras.

– Un mot encore, Lon. Il y a longtemps qu'on se connaît.

– Certes.

– Et toi, Bettles ?

– Ça fera cinq ans aux crues du mois de juin.

– M'avez-vous jamais vu manquer à ma parole ?

Les deux adversaires secouèrent la tête en même temps.

– Vous estimez donc qu'une promesse doit être tenue ?

– Chez toi, elle vaut une signature.

– On peut, renchérit Lon, parier dessus sa place en paradis.

– Eh bien moi, Malemute Kid, je vous déclare solennellement que celui de vous deux qui aura tué l'autre se balancera, dix minutes plus tard, au bout de cette corde.

Ayant dit, il dégagea le terrain pour les deux duellistes, aussi désinvolte que Ponce Pilate[1] après s'être lavé les mains. Un silence épais s'abattit sur le cercle des hommes de Forty Mile. Le ciel parut s'appesantir encore. Des paillettes de givre s'en détachèrent et planèrent, impalpables comme un duvet, jusqu'au sol. On n'en verrait sans doute pas de semblables avant le retour du printemps.

Maintes fois, dans le passé, les deux champions avaient affronté côte à côte, blagues et jurons aux lèvres, des dangers mortels. Ils avaient risqué leur peau dans des

---

1. Ponce Pilate : ce gouverneur romain du Ier siècle après J.-C. se serait lavé les mains après avoir condamné à mort Jésus selon la volonté de la foule, qui préféra libérer un criminel, Barabbas.

aventures désespérées sans perdre confiance. Mais aujourd'hui rien n'était semblable. Leur avenir s'était bouché, hermétiquement[1]. Ils n'avaient rien à attendre de la chance. Plusieurs minutes s'écoulèrent. Les deux hommes scrutèrent le visage de Malemute Kid, énigmatique comme le Sphinx[2]. Ils voulaient parler, sans savoir quoi dire.

Le hurlement d'un chien-loup, loin vers Forty Mile, rompit ce silence insupportable. La plainte longue s'enfla, telle la lamentation d'une âme en peine, et s'éteignit en un soupir.

– Va au diable, Malemute Kid, s'écria Bettles en relevant le col de son ciré et en jetant à la ronde un regard désespéré du plus haut comique.

Puis ce fut au tour de Lon Mac Fane de vociférer :

– Pas si bête, Malemute Kid. Je ne marche pas dans ton affaire où il n'y a rien à gagner et tout à perdre. Je te remercie bien, mais propose ton truc à d'autres.

Les assistants s'amusaient fort, riaient dans leur barbe, se jetaient des clins d'œil à la dérobée et gloussaient à peine discrètement, tout en secouant le givre qui poudrait leurs cils ou leurs moustaches. Mais chacun prenait soin d'éviter toute remarque qui aurait pu déchaîner un nouvel éclat. Et le convoi reprit le chemin du retour, sur la piste gelée.

Alors qu'on était encore en route, le hurlement du chien-loup résonna à nouveau, agressif et menaçant.

---

1. Hermétiquement : de manière étanche.
2. Dans la mythologie grecque, monstre qui soumet les humains à des énigmes.

La troupe regagnait la berge et pénétrait dans le campement lorsqu'un cri de femme retentit, suivi d'autres cris affolés : « Le voici ! le voici ! »

Poursuivi par une demi-douzaine de chiens efflanqués, un jeune Indien se jeta dans les jambes des hommes. Croc-Jaune, le poil hérissé et les yeux injectés de sang, courait derrière, ventre à terre. Tous s'égaillèrent[1] à qui mieux mieux. Bettles agrippa par la fourrure le jeune Indien qui s'était affalé sur le sol et le tira vers un grand tas de bois disposé le long du chemin. Plusieurs camarades s'y étaient déjà réfugiés. Un des chiens poursuivis le heurta violemment et déjà Croc-Jaune, manifestement enragé, fonçait sur lui. Malemute Kid tira au jugé[2], mais manqua la bête, qui sautait sur Bettles, la gueule écumante.

Lon Mac Fane bondit de son tas de bois et se jeta à la gorge de Croc-Jaune, bloquant net son élan. Il l'empoigna à la gorge et le maintint à terre, le visage souillé par la bave fétide. Bettles put alors se relever et ajuster froidement le chien enragé, d'un coup de revolver.

Lon revint vers Malemute Kid en époussetant ses manches couvertes de neige.

– Qu'en dis-tu, Kid, n'avons-nous pas été beaux joueurs ?

Malemute Kid sourit d'un air entendu. Dans son for intérieur, il était tout à fait satisfait du stratagème qu'il avait mis au point.

---

1. S'égaillèrent : se dispersèrent.
2. Au jugé : de manière approximative.

Ce soir-là, on bavarda longuement autour du poêle à propos des événements de la journée. L'Irlandais Mac Fane avait été faire pardonner ses péchés dans la cabane du père Roubeau et Bettles ronflait comme un bienheureux.

On causait de choses et d'autres. Soudain Mackenzie interpella Malemute Kid.

– Et si Bettles et Lon s'étaient réellement battus, qu'aurais-tu fait ?

– Ça ne te regarde pas. D'ailleurs j'avais dit qu'ils ne se battraient pas et ils ne se sont pas battus.

– Tu détournes la question. Réponds-moi clairement. S'ils avaient passé outre[1], tu ne les aurais quand même pas pendus, je pense ?

– Je me le demande bien. Justement, depuis ce tantôt je me le demande.

– Alors toi, dis donc !

– Sincèrement, je me le demande, et je n'ai pas encore trouvé la réponse…

---

1. Avaient passé outre : n'avaient pas tenu compte de l'avertissement.

À la santé
de l'homme sur la piste

– Mets-y le paquet !
– Tout de même, Kid, n'y va pas trop fort. Du whisky et de l'alcool, c'est déjà suffisant. Inutile d'y ajouter du brandy[1], de la sauce au poivre, que sais-je encore…
– Corse-le bien, je te dis. Ce n'est pas toi qui vas nous apprendre ce que doit être un vrai punch.

Au milieu des nuages de vapeur, Malemute esquissa un sourire.

– Écoute-moi bien, mon petit gars, quand tu auras parcouru ce pays aussi longtemps que moi et que tu te seras rassasié de crottes de lièvre ou de vessies de saumon, tu seras d'accord qu'il n'y a qu'un Noël dans l'année. Et une fête de Noël sans punch, c'est un puits sans minerai.

– Suis bien ce conseil, petit, s'écria Jim Belden, et sers-nous quelque chose de fameux.

Jim avait quitté son claim[2] de Mazy-May pour fêter Noël avec les autres et il ne s'était nourri que de viande d'élan depuis plus de deux mois.

---

1. Brandy : eau-de-vie (boisson alcoolisée).
2. Claim : concession, terrain minier que l'on a le droit d'exploiter.

— Kid, tu te rappelles cette mixture russe, le Klooch ou quelque chose comme ça, qu'on avait préparée sur le Tanana ?

— Si je m'en souviens ! Vous auriez rigolé, mes agneaux, en voyant toute la tribu soûle et prête à la bagarre, rien qu'à cause d'un peu de sucre mélangé à du levain fermenté. Tu n'étais pas encore là, Stanley. (Stanley Prince était venu dans la contrée depuis deux ans à peine comme ingénieur des Mines.) Il n'y avait pas non plus de femmes blanches et Mason s'était mis dans la tête d'épouser Ruth, la fille du chef de Tanana. Mais le chef et sa tribu ne l'entendaient pas de cette oreille. Tu me demandes si c'était fort ? Dame, j'ai utilisé ma dernière livre de sucre et en fait de Klooch, j'ai jamais fait mieux. T'aurais vu cette poursuite le long du fleuve et du portage !

— Et la squaw ? demanda Louis Savoy.

Louis était un grand colosse de Canadien français. Il avait entendu parler de cette aventure, l'autre hiver à Forty Mile, et le récit de Malemute Kid commençait à l'intéresser. Ce dernier, conteur-né, ne se fit guère prier pour entamer l'histoire authentique du « Lochivar » des neiges. En l'écoutant, plus d'un rude aventurier sentit son cœur se serrer et monter en lui la nostalgie des pâtures ensoleillées du sud où l'existence était plus belle que dans ce pays de froid et de mort.

— Ruth, Mason et moi, nous atteignîmes le Yukon juste après la première débâcle. Nous n'avions pas plus d'un quart d'heure d'avance sur la tribu. Heureusement pour nous, la seconde débâcle rompit les glaces en amont et nos poursuivants prirent un sérieux retard. Quand ils se présentèrent à Nuklukyeto, tout le poste était mobilisé pour les recevoir. Quant au mariage, le père Roubeau vous renseignera mieux que moi ; c'est lui qui a célébré la cérémonie.

Au milieu des applaudissements frénétiques des catholiques et des protestants confondus, le bon jésuite[1] retira sa pipe et répondit par un sourire paternel.

– Cré bon sang, s'écria le sentimental Louis Savoy, la petite squaw ! Le brave Mason !

On procéda à une première tournée de gobelets et Bettles, mieux connu sous le nom de « Boit sans soif », entonna son refrain favori :

« Les professeurs de l'École du dimanche
Je les ai vus s'empiffrer[2] sans embarras
De tisane de sassafras[3].
Va donc savoir ce que tu bois, ce que tu manges
Si ça se trouve on leur avait vendu
Le jus enivrant[4] du fruit défendu[5]… »

Et le chœur des Bacchus reprenait :

« Si ça se trouve, on leur avait vendu
Le jus enivrant du fruit défendu… »

---

1. Jésuite : religieux qui appartient à la Compagnie de Jésus.
2. S'empiffrer : se gaver de nourriture (familier).
3. Sassafras : arbre de la famille des lauriers.
4. Enivrant : qui provoque l'ivresse.
5. Fruit défendu : dans la Bible, fruit mangé par Adam et Ève malgré l'interdiction de Dieu.

L'épouvantable mixture de Malemute Kid faisait son œuvre. Sa chaleur bienfaisante apportait la détente aux hommes de la piste et des camps. Rires, chansons, récits d'aventures circulaient à la ronde. Les hommes représentaient au moins douze nations différentes, mais ces drôles de citoyens buvaient sans distinction à la santé de chacun et de tous. L'Anglais Prince portait un toast à « l'Oncle Sam[1], précoce enfant du Nouveau Monde[2] » et le Yankee Bettles trinquait à la gloire du « Roi, Dieu le bénisse ! ».

Malemute Kid se leva à son tour, gobelet en main, et, les yeux fixés sur la fenêtre de papier huilé, bouchée par une couche de givre d'au moins trois pouces, il prononça ces mots :

– À la santé de l'homme qui marche cette nuit sur la piste ! Puissent ses chiens rester forts, sa nourriture le rassasier et ses allumettes toujours prendre !

Clic ! Clac !

Tous avaient reconnu le claquement familier du fouet d'attelage. On entendit bientôt le hurlement geignard des chiens « malemuté » et le crissement d'un traîneau qui venait vers la cabane. La conversation baissa de ton. On attendait.

– C'est sûrement un vieux. Il s'occupe de ses chiens avant de songer à lui-même, murmurait Malemute à Prince.

---

1. Oncle Sam : personnage imaginaire qui incarne le gouvernement américain.
2. Nouveau Monde : continent américain.

Claquements de mâchoires, grognements furieux et cris de douleur décrivaient très bien aux oreilles exercées des hommes que le nouveau venu repoussait leurs propres bêtes afin de donner à manger aux siennes. Enfin un coup sec et confiant fut frappé à la porte et l'homme fit son entrée. Il marqua un temps d'arrêt sur le seuil, pour s'habituer à la lumière, et tous purent le dévisager à leur guise. Un splendide gaillard de six pieds et deux ou trois pouces, les épaules carrées, la poitrine large, très pittoresque[1] dans son accoutrement polaire de fourrures et de laines. Sous la morsure du froid, son visage glabre[2] avait pris une teinte rose et luisante ; une frange blanche de givre ourlait ses cils et ses sourcils. Il avait négligemment relevé les rabats de son énorme casquette en peau de loup : c'était le Roi des Frimas[3] en personne, émergeant des ténèbres.

Son vêtement imperméable était serré par une ceinture à grains dans laquelle il avait passé deux grands colts et un couteau de chasse. L'attirail était complété par l'indispensable fouet et un fusil du dernier modèle, gros calibre, du type « sans fumée ». Son pas était ferme et souple, mais tous purent constater, quand il s'avança, qu'il était mort de fatigue.

Un silence embarrassé envahit la pièce. Ce fut l'arrivant qui détendit l'atmosphère en disant : « Continuez à rigoler, les gars. » Déjà Malemute et lui échangeaient une vigoureuse poignée de main. Ils se rencontraient

---

1. Pittoresque : qui amuse par son originalité.
2. Glabre : sans barbe.
3. Frimas : brouillard froid et épais.

pour la première fois, mais avaient entendu parler l'un de l'autre et s'étaient de prime abord reconnus. Tous se présentèrent. Il dut accepter un pichet de punch avant de pouvoir expliquer le but de sa course.

— Avez-vous vu passer un traîneau en forme de panier, avec trois hommes et huit chiens ? demanda-t-il.

— Il y a tout juste deux jours. Pourquoi cette question ? Tu cours après ?

— Il est à moi. Les bandits me l'ont enlevé à ma barbe[1]. Mais j'ai déjà gagné deux jours sur eux. Je les aurai rejoints à la prochaine étape.

Malemute Kid avait disposé la cafetière sur le feu et s'activait à la préparation d'un plat de lard frit et de viande d'élan. Belden relança la conversation.

— Tu crois qu'ils vont se laisser faire ?

Pour toute réponse, le nouveau fit claquer ses mains sur les crosses de ses revolvers.

— Quand as-tu quitté Dawson ?
— À midi.
— Midi hier ?
— Non, aujourd'hui.

Un murmure de surprise fit le tour de l'assemblée. Il y avait de quoi : il était minuit juste. Cet homme venait donc de parcourir, en douze heures, soixante-quinze milles de mauvaise piste sur le fleuve.

Puis la conversation reprit son cours et roula sur les frasques[2] de jeunesse des uns et des autres.

---

1. À ma barbe : sans que je m'en aperçoive.
2. Frasque : écart de conduite, mauvais comportement.

Malemute Kid observait l'étranger, qui dévorait à belles dents son grossier repas. Son visage lui plut d'emblée avec sa beauté faite d'honnêteté et de franchise. La fatigue et la faim avaient creusé ses traits encore juvéniles. Les yeux, dont le regard s'adoucissait quand il se taisait, reprenaient un vif éclat d'acier bleu dès qu'il parlait de son activité. Mâchoire solide, menton carré, l'homme était sûrement fier et opiniâtre[1], mais une douceur quasi féminine indiquait aussi qu'il pouvait être sensible autant que brave.

Belden achevait de raconter l'histoire captivante de ses fiançailles :

« Voilà comment on s'est mariés, ma vieille et moi. Sal m'emmène voir son père.

— Va au diable, que lui dit le bonhomme.

Et se tournant vers moi, il ajoute :

— Jim, je veux voir si tu as le cœur bien placé. J'aimerais bien que ce bout de terrain, quarante acres[2], soit presque entièrement charrué[3] avant la soupe.

Toi, Sal, retourne à ta vaisselle.

— Ah, comme j'étais heureux ! Me voyant encore là, le vieux se met à crier :

— Alors, Jim ?

J'ai couru vers l'écurie sans plus attendre... »

— As-tu des gosses qui attendent ton retour aux États ? demanda l'étranger.

---

1. Opiniâtre : persévérant.
2. Quarante acres : environ mille six cents ares, soit cent soixante mille mètres carrés.
3. Charrué : labouré.

– Eh non ! Sal est morte avant de m'en avoir donné. C'est pour cette raison que je suis ici.

Et Belden fourragea dans sa pipe, pensivement ; puis il demanda à son tour pour changer de sujet :

– Et toi, l'étranger, es-tu marié ?

L'autre ouvrit le boîtier de sa montre, le détacha de la bandelette de cuir qui lui servait de chaîne, et en guise de réponse, le fit passer parmi ses hôtes. Belden s'était emparé de la lampe à huile et examinait le mécanisme en connaisseur. Puis, avant de tendre la montre à son voisin, Louis Savoy, il grommela un juron admiratif. Louis, lui aussi, laissa échapper un lot d'exclamations et tendit l'objet à Prince qui put remarquer le tremblement nerveux des mains de son camarade et le nuage tendre qui ombrait son regard. Toutes les mains calleuses[1] reçurent tour à tour la photographie d'une femme, semblable à celles qu'affectionnent ces hommes rudes, serrant un enfant contre son sein.

La curiosité démangeait ceux qui n'avaient pas encore vu la merveille. Les autres se taisaient et demeuraient songeurs. Tous pouvaient endurer la faim qui mord, le scorbut[2] qui griffe, la mort qui surgit du sol ou de l'eau, mais ils ne résistaient pas à l'émotion provoquée par l'apparition d'une femme et d'un enfant.

– Je n'ai jamais vu mon gosse. C'est un garçon… de deux ans maintenant.

En donnant cette précision, l'étranger garda les yeux

---

1. Calleuses : dont la peau est épaissie et durcie à force de frottements.
2. Scorbut : maladie due à une carence en vitamine C.

fixés longuement sur son trésor. Puis il se décida à faire claquer le boîtier, se détournant pour cacher les larmes qui embuaient son regard.

– Viens te reposer, lui dit Malemute Kid en le guidant vers sa couchette.

– Appelle-moi à quatre heures précises. Surtout, n'oublie pas.

Sur ces paroles, il s'endormit comme une masse, vaincu par la fatigue, et se mit à ronfler.

– Jupiter ! Il a du cran ce type, dit Prince. Trois heures de sommeil seulement après soixante-quinze milles de course derrière les chiens, puis tout de suite la piste. Kid, tu sais qui il est ?

– Oui : Jack Westondale. On l'a vu dans le pays il y a trois ans. Travailleur comme un cheval, et pas plus chanceux. Je ne l'avais jamais rencontré, mais Sitka Charley m'avait parlé de lui.

– Quand même : gâcher sa vie dans ce trou oublié de Dieu et où les années comptent double – vingt-quatre mois – alors qu'on a une femme jeune et belle, c'est dur !

– Il a eu le tort de pousser trop loin le courage et l'entêtement. Il a déjà fait deux fois fortune dans les claims. Et deux fois il a tout perdu.

La conversation fut interrompue par un vacarme de tous les diables. L'effet produit par l'étranger commençait à se dissiper chez Belden et ses compagnons. Et tous, sauf Malemute Kid, qui paraissait réfractaire[1], se livrèrent à une gaieté effrénée, qui fit s'envoler les

---

1. Réfractaire : récalcitrant, refusant de changer d'attitude.

années rendues mornes par un travail épuisant et une nourriture sans fantaisie. Kid, lui, consultait sans arrêt sa montre, l'air préoccupé. Soudain il coiffa son bonnet de castor, enfila ses moufles et sortit de la cabane pour aller fouiller dans la réserve. Brûlant d'impatience, il secoua le dormeur un quart d'heure plus tôt que convenu. Le jeune colosse se réveilla, tout ankylosé[1]. On dut le frictionner vigoureusement pour le remettre sur pied. Il sortit péniblement de la cabane et trouva ses chiens harnachés[2], prêts à partir.

Le père Roubeau lui donna sa bénédiction ; les autres lui souhaitèrent bonne chance et bon voyage. Et tous réintégrèrent l'intérieur au plus vite. Il eût été dangereux en effet d'affronter un froid de -75 degrés Fahrenheit[3], les oreilles et les mains découvertes. Seul Malemute Kid lui fit un brin de conduite jusqu'à la piste principale. Là il lui serra la main avec cordialité, non sans lui faire quelques recommandations.

– J'ai mis cent livres d'œufs de saumon sur le traîneau, dit-il. Pour les chiens c'est aussi nourrissant que cent cinquante livres de poisson. Tu espérais peut-être te réapprovisionner à Pelly ? N'y compte pas.

L'autre sursauta, un éclair de surprise dans les yeux. Mais il laissa Kid poursuivre.

– Pas une once de nourriture, ni pour les hommes ni pour les chiens avant d'avoir atteint les « Cinq Doigts ». Tu en es à deux cents milles, au bas mot. Sur le « Thirty

---

1. Ankylosé : dont les membres sont provisoirement paralysés.
2. Harnachés : équipés de leurs harnais.
3. -75 degrés Fahrenheit : -60 degrés Celsius.

Mile », méfie-toi de l'eau libre. Et n'oublie pas de suivre le raccourci qui surplombe le lac Le Barge.

– Comment t'y es-tu pris pour deviner ? On n'a pas pu t'avertir.

– Je ne sais rien et ne veux rien savoir ! Je sais seulement que le traîneau que tu prétends avoir perdu n'a jamais été à toi. Sitka Charley l'a vendu au printemps dernier. Sitka m'a parlé de toi comme d'un type bien et je le crois. Ton visage m'a plu et aussi… Vingt dieux ! File vers la mer, va rejoindre ta femme et…

Kid ne put en dire davantage. Il retirait ses moufles et lui tendait son sac. L'autre protestait.

– Non ! Je n'en ai pas besoin.

Mais ses larmes coulaient et gelaient sur ses joues tandis qu'il étreignait convulsivement les mains de Malemute Kid.

– Pas de pitié pour les chiens. Dès qu'ils tombent, coupe leurs traits. Achètes-en d'autres. Si on te les offre dix dollars la livre, accepte ; c'est bon marché. Tu en trouveras à « Cinq Doigts », ou à « Petit Saumon » et sur l'Hootalinqua. Un dernier conseil, avant qu'on ne se quitte : évite de te tremper les pieds. Tu marches tant que la température se maintient au-dessus de -25. Plus bas, tu construis un feu et tu changes de chaussettes.

Il ne s'était pas écoulé un quart d'heure qu'un tintement de clochettes annonçait une autre fournée d'arrivants. La porte s'ouvrit, laissant le passage à un homme de la police montée du Nord-Ouest, accompagné de deux métis.

Comme Westondale, ils étaient armés jusqu'aux dents et paraissaient à bout de forces. Moins, peut-être, les métis, qui étaient habitués depuis leur tendre enfance à la piste et à la fatigue. Le jeune officier, par contre, était exténué[1] et il devait faire appel à tout son orgueil pour s'accrocher à sa mission et ne pas s'effondrer sur place.

– Westondale est reparti, n'est-ce pas ? Quand ? Il s'est bien arrêté ici ?

Question superflue. Les traces dans la neige parlaient d'elles-mêmes. Malemute Kid put faire un signe à Belden, qui comprit et répondit évasivement :

– On n'est pas près de le revoir.

– Parle, veux-tu, mon gaillard.

– On dirait que vous tenez à lui, à ce que je vois. Se serait-il battu sur la piste de Dawson ?

– Il a estampé[2] Harry Mac Farland de quarante mille dollars et a échangé cette somme au P.C. store contre un chèque sur Seattle. Si on ne le rattrape pas, rien ne l'empêche d'encaisser ce chèque. Depuis quand est-il parti ?

Les hommes ne paraissaient guère se passionner pour cette affaire. Ils calquaient leur conduite sur celle de Malemute Kid, opposant un mur de visages inexpressifs à l'officier. Celui-ci fit quelques pas en direction de Prince. Ce dernier, cédant à la physionomie franche et loyale de son compatriote, lâcha quelques

---

1. Exténué : extrêmement fatigué.
2. Estampé : escroqué.

renseignements, comme à regret, concernant l'état de la piste. Le policier s'adressa alors au père Roubeau. Lui, du moins, ne pouvait pas mentir.

– Il est parti, il y a un quart d'heure, répondit le prêtre. Il avait dormi trois heures, ainsi que ses chiens.

– Trois heures de sommeil et il s'est reposé ! Mon Dieu !

Le malheureux titubait, assommé par la fatigue et le découragement. Il recula de quelques pas en marmonnant une phrase où il était vaguement question de « Dawson en dix heures » et de « chiens à bout ». Malemute lui fit ingurgiter un cruchon de sa mixture. Après quoi l'officier retrouva assez de force pour se diriger vers la sortie et intimer l'ordre aux deux métis de poursuivre. Mais ces derniers avaient goûté à la chaleur de la cabane et la perspective d'une halte était trop tentante. Ils protestèrent vigoureusement.

Malemute comprenait suffisamment leur patois français pour se sentir très inquiet. Ils juraient leurs grands dieux que les bêtes étaient rendues, qu'il faudrait abattre Siwash et Babette au bout d'un kilomètre, que les autres chiens ne valaient guère mieux. Pourquoi ne pas accorder une bonne pause à tout le monde ?

– Pouvez-vous me prêter cinq chiens ? demanda l'officier à Malemute Kid.

Kid refusa d'un signe de tête.

– Je vous signerai un chèque de cinq mille dollars sur le capitaine Constantine, insista le policier. Je peux utiliser son compte comme il me convient. Voici mes papiers.

Malemute continua d'opposer le même refus silencieux.

— Dans ce cas je les réquisitionne, au nom de Sa Majesté.

Kid eut un sourire narquois[1], désignant du regard son arsenal[2] bien fourni. L'Anglais, reconnaissant son infériorité, se dirigea vers la sortie. Mais ses conducteurs renâclaient[3] toujours, et il dut les insulter, les traiter de « fumiers » et de « chiens ». C'est alors que le plus âgé des métis, le visage empourpré de colère sous son hâle, s'emporta à son tour :

— Vous voulez voyager, chef ? Vous allez voyager, jusqu'au moment où vos jambes vous lâcheront ; et je serai bien content de vous planter là, dans la neige !

Bandant toute sa volonté[4], le jeune officier se traîna vers la porte d'un pas mécanique. Tous voyaient qu'il allait au-delà de ses forces et rendaient justice à[5] son orgueil. Ses traits, déformés par la douleur, étaient terriblement contractés.

Quant aux chiens, affalés en cercle dans la neige, ils refusaient de se mettre sur leurs pattes. Tous les efforts paraissaient inutiles. Les coups de fouet cinglants des conducteurs, rendus furieux et impitoyables par leur propre malheur, leur arrachaient de pauvres cris de souffrance. Babette, le chien de tête, fut dételée. Les autres

---

1. Narquois : moqueur.
2. Arsenal : endroit où sont rangées les armes et leurs munitions.
3. Renâclaient : rechignaient, montraient de la mauvaise volonté.
4. Bandant toute sa volonté : rassemblant toutes ses forces.
5. Rendaient justice à : reconnaissaient.

réussirent enfin à grand-peine à faire décoller le traîneau et à reprendre la piste.

Les hommes du fort laissèrent éclater leur colère :
– Sale menteur ! Voyou ! Dieu de Dieu ! Voleur, truand ! Pire qu'un Indien !

Ils ne pardonnaient pas à Westondale de les avoir bernés. Ils lui reprochaient surtout d'avoir violé la loi sacrée du Northland, où l'honnêteté est considérée comme la vertu suprême.

– Dire qu'on a prêté main-forte à ce gredin !

Les regards unanimes accusaient Malemute Kid. Celui-ci s'était d'abord occupé de Babette, douillettement installée dans un coin, et s'employait maintenant à vider la bassine pour une dernière tournée de punch.

– Fait pas chaud, les gars. La nuit est glaciale, déclara-t-il en guise de préambule[1].

Puis il poursuivit son plaidoyer.

– Vous connaissez tous la piste, les gars. Je n'ai rien à vous apprendre. On ne bat pas un chien à terre. Bon !

« Vous n'avez entendu qu'un son de cloche. Et moi je vous prétends que jamais homme plus loyal que Westondale n'a dormi dans nos couvertures et partagé notre gamelle. L'automne dernier, il avait donné tout ce qu'il avait pu gratter : quarante mille dollars, à Joe Castrell, qui voulait acheter dans les dominions[2]. Aujourd'hui il pourrait être millionnaire. Puis il reste à

---

1. Préambule : introduction.
2. Dominion : État indépendant membre du Commonwealth.

Circle City pour soigner son assistant qui avait attrapé le scorbut. Pendant ce temps, que fait notre Castrell? Il joue chez Mac Farland au-delà du maximum et perd tout son pognon[1]. On l'a retrouvé mort, le lendemain, dans la neige.

« Le pauvre Jack avait déjà fait des plans pour rejoindre, cet hiver, sa femme et l'enfant qu'il ne connaissait pas. Remarquez qu'il a pris exactement quarante mille dollars, montant de sa perte.

« Le voilà en route. Qu'allez-vous faire maintenant ? »

Kid interrogea longuement du regard le cercle de ses juges. À leur expression adoucie, il comprit qu'il avait gagné. Il leva son gobelet :

– À la santé de l'homme qui marche cette nuit sur la piste ! Puissent ses chiens rester forts, sa nourriture le rassasier et ses allumettes toujours prendre.

– Dieu le protège !

– Le bonheur soit avec lui !

– Et que le diable emporte la police montée, conclut Bettles, au milieu du fracas des tasses vides, reposées bruyamment sur la table.

---

1. Pognon : argent (familier).

Le privilège du prêtre

Voici l'histoire d'un homme qui ne savait pas reconnaître les qualités de sa femme et celle d'une femme qui fut réellement trop bonne d'épouser cet homme-là. Un père jésuite, qui ignorait le mensonge, s'y trouvera aussi mêlé. Ce prêtre appartenait en quelque sorte au Yukon ; ce pays n'aurait pu vivre sans lui. Les deux autres personnages, par contre, y étaient venus par hasard, spécimens[1] parmi tant d'autres de cette vague de malheureux que la soif de l'or fit déferler en 1897, pour les laisser ensuite à l'état d'épaves. Edwin Bentham, Grace Bentham : tel était le nom de ces égarés. Ils étaient en fait restés très en arrière. En effet la ruée de 1897 avait depuis longtemps balayé la région polaire du fleuve et s'était repliée vers Dawson, en proie à la famine, quand nous les rencontrons à « Five Fingers Rapids ». La « Ville de l'Or » se trouvait au nord, à plusieurs jours de marche et les dernières boutiques du Yukon désertées par leurs occupants achevaient de mourir sous trois pieds de neige.

Au cours de l'année précédente, on avait procédé au massacre d'une grande quantité d'animaux à « Five

---

1. Spécimen : individu représentatif d'une catégorie à laquelle il appartient.

Fingers » et les carcasses représentaient un matériel très intéressant. Les trois compagnons des Bentham décidèrent donc de s'établir à cet endroit, et, après un rapide calcul mental sur la valeur du dépôt, de se livrer au commerce des sacs d'os et de peaux gelées. Il y avait en effet de l'argent à gagner avec tous ces chiens d'attelage qu'il fallait nourrir. Leurs prix étaient très raisonnables : un dollar par livre ; et chacun pouvait choisir dans le lot ce qui lui convenait. Au bout de six mois, quand le soleil de printemps réveilla le Yukon de sa torpeur hivernale, les trois compagnons bouclèrent leurs ceintures, bien gonflées de pièces d'or, et partirent vers le sud. Ils s'y trouvent encore, intarissables[1] sur le Klondike, qu'ils n'ont pourtant jamais vu, et pas en peine pour inventer des histoires toutes plus fantaisistes les unes que les autres.

Edwin Bentham était un paresseux. Si sa femme n'avait pas flatté sa vanité, vantant sa force et ne doutant guère que son obstination lui permette de conquérir la Toison d'or[2] en dépit de tous les obstacles, il se serait sûrement contenté d'une vague association avec les trois « commerçants en os et peaux ».

Mais il serra les mâchoires d'un air décidé, troqua sa part de marchandises contre un chien et un traîneau, et partit vers le nord. C'est trop peu de dire que Grace le suivit. Au soir du troisième jour de ce pénible voyage,

---

1. Intarissables : dont la parole semble inépuisable.
2. Toison d'or : dans la mythologie grecque, cette toison d'un bélier est gardée par un dragon. Jason doit la rapporter au roi d'Iolcos, en Thessalie, pour devenir roi à son tour.

effectué sans pause ou presque, c'était la jeune femme qui marchait en tête et traçait la route. L'homme suivait. Bien évidemment la position changeait si quelqu'un était en vue. La fierté du mâle n'eut donc en rien à souffrir du regard des voyageurs croisés comme des fantômes sur la route muette. Le monde est peuplé d'individus de cet acabit[1].

Comment un homme et une femme aussi différents avaient-ils pu choisir d'unir leurs existences ? Peu importe. On voit cela tous les jours et, à y regarder de plus près, on risque de perdre la foi dans ce qu'on appelle « être liés pour le meilleur et pour le pire, de toute éternité ».

L'esprit d'Edwin Bentham était celui d'un petit enfant égaré dans un corps d'homme. Ce gamin aurait pris plaisir à déchiqueter un papillon en lui arrachant les ailes ; mais il tremblait de peur devant un garçonnet maigre et nerveux, deux fois plus petit que lui. Égoïste, pleurnichard, il se dissimulait derrière une moustache conquérante et sous la stature d'un homme recouvert d'un vernis de connaissances superficielles et d'idées reçues. Il appartenait à ce club d'hommes du monde habiles à parer de charme les obligations de la vie quotidienne et les rapports sociaux, de ces hommes qui hurlent pour un mal de dents mais qui font vivre leur épouse dans un enfer bien pire que celui inventé par les jouisseurs[2] et les plus grossiers libertins[3].

---

1. De cet acabit : de cette sorte.
2. Jouisseur : bon vivant.
3. Libertin : débauché.

Nous croisons sans cesse des hommes de cette sorte ; mais nous les connaissons mal pour ce qu'ils sont. Quand on ne les épouse pas, la meilleure façon de les percer à jour est de partager leur gamelle ou leur lit pendant une bonne semaine ; il n'en faut pas plus.

Grace Bentham, elle, avait l'apparence fragile d'un enfant. Mais cette enveloppe délicate recouvrait une âme forte, qui conservait d'ailleurs tout le charme de la féminité. Le projet d'aller chercher fortune au nord, c'était elle. La route tracée à l'insu de tous, c'était elle. Mais il lui arrivait souvent de pleurer en cachette sur sa propre faiblesse physique.

Le couple prit d'abord la direction du vieux fort Selkirk, puis bifurqua vers Stuart River à travers une étendue désolée de soixante milles. Quand la nuit polaire eut complètement chassé le reste du jour, l'homme s'écroula dans la neige et se mit à pleurer. La femme dut alors l'attacher sur le traîneau et, sans écouter la douleur de ses propres membres, serrant les lèvres pour ne pas crier, elle guida le chien, traînant son homme jusqu'à la cabane de Malemute Kid. Ce dernier était absent ; heureusement, un marchand allemand du nom de Meyers se trouvait là. Il leur prépara un bon lit de branches de sapin fraîchement coupées et fit cuire de larges tranches de moose, pour eux, dans la poêle.

C'est ici qu'interviennent Lake, Laugham et Parker.

Ces jeunes héritiers de bonne famille étaient venus dans le Grand Nord, sûrs de s'y couvrir de gloire. L'argent ne leur faisait pas défaut et chacun d'eux avait un domestique à sa disposition. Ce jour-là, deux de ces domestiques avaient été envoyés à Rivière Blanche, dans le but tout à fait hypothétique de découvrir un banc de quartz[1]. Resté seul au logis, le dévoué Sandy se débattait entre trois maîtres, doués d'un robuste appétit, mais affichant des théories culinaires parfaitement contradictoires. Leurs discussions sur l'ordonnance d'un repas avaient failli les brouiller à jamais. Ils évitèrent cependant cette catastrophe et, attablés devant un menu suffisamment raffiné, improvisèrent une sorte de jeu de société dont le vainqueur se verrait attribuer le droit de remplir une haute et délicate mission.

Ce fut Parker qui l'emporta. Il consacra quelques minutes à se recoiffer, séparant avec soin ses cheveux par une raie médiane ; puis il enfila ses mitaines, se coiffa d'une toque en peau d'ours et dirigea ses pas vers la cabane de Malemute Kid. Il en sortit bientôt, accompagné de Malemute, que sa dernière étape à Stuart River avait un peu fatigué, et de Mme Bentham, qui excusa son mari, retenu aux mines de Henderson Creek. Le dernier invité, Meyers, avait décliné[2], trop occupé qu'il était à expérimenter une nouvelle recette de pain à base de houblon[3].

Les trois jeunes gens prirent aisément leur parti de l'absence du mari. N'ayant pas eu le plaisir de voir une seule femme de l'hiver, ils considéraient la venue de

---

1. Quartz : minéral qui se présente sous la forme de cristaux.
2. Décliné : refusé.
3. Houblon : plante utilisée pour la fabrication de la bière.

Grace comme l'aube d'une ère nouvelle. Ces trois gentilshommes, qui ne manquaient ni d'esprit ni de conversation, soupiraient après l'élément féminin qui leur faisait cruellement défaut. Quant à Mme Bentham, sans doute souffrait-elle aussi de la privation de l'élément masculin, puisqu'elle goûta au milieu de sa tristesse sa première heure de plaisir depuis de longues semaines, en compagnie des jeunes gens.

Hélas! On avait à peine servi le premier plat, chef-d'œuvre de Lake-la-Girouette, qu'un coup violent fut frappé à la porte.

– Oh, monsieur Bentham… Euh… Voulez-vous entrer, dit Parker qui s'était levé pour voir ce qui se passait.

– Où est ma femme? répliqua l'autre d'un ton bourru[1], sans tenir compte de l'invitation qui lui était faite.

– Elle est ici, comme nous l'avons écrit sur un mot laissé à M. Meyers. Mais entrez donc. Nous vous attendions et c'est tout juste si nous en sommes au premier service.

– Entrez, cher Edwin, insista Grace Bentham depuis la place où elle était assise. Et sa voix avait la légèreté d'un gazouillis.

Bentham restait debout, à l'écart.

– Je veux ma femme, répéta-t-il rudement, sur un ton qui sentait désagréablement le propriétaire.

Parker ouvrit une bouche béante. Il se retint de ne

---

1. Bourru : désagréable.

pas envoyer son poing dans la trogne du butor[1]. Tous les convives se levèrent. Lake ne savait plus où il en était et faillit demander à la jeune femme si elle estimait bien nécessaire de partir.

Puis ce fut le remue-ménage qui précède habituellement les séparations. « Très aimable à vous… J'ai été ravie… Désolé de… Sacrebleu, on commençait à voir la vie en rose… Encore une fois merci… Bon voyage à Dawson, etc. » C'est ainsi que, très mondainement, la pauvre victime fut revêtue de sa pelisse et abandonnée au boucher. Après son départ, la porte fut refermée avec fracas et, devant la table désertée, tous éclatèrent en imprécations[2].

– Le diable l'emporte, explosa Laugham. Le diable l'emporte ! Le diable…

Son éducation, lamentablement distinguée, l'avait peu enrichi en matière de jurons. Il en était donc réduit à répéter toujours le même, malgré des efforts méritoires pour en inventer de plus scabreux[3].

Quand un homme se révèle incapable, il faut toute l'habileté, la ténacité d'une femme pour lui rendre un peu d'ambition et lui faire concevoir de grands projets. Quelle astuce pour faire croire au mâle défaillant que tout a été accompli par lui et que l'honneur en revient à lui seul !

Grace Bentham s'attela à cette tâche impossible.

---

1. Trogne du butor : visage du grossier personnage (familier).
2. Imprécation : injure.
3. Scabreux : grossiers.

Parvenu à Dawson, le couple disposait de quelques livres de farine et de plusieurs lettres d'introduction dont la futée se servit pour pousser son grand enfant en avant.

La Compagnie P.C. était dirigée par un barbare grossier. Elle réussit pourtant à l'attendrir et à obtenir une concession, qui fut d'ailleurs attribuée à Edwin Bentham. Avec elle, le benêt[1] remonta et descendit nombre de cours d'eau, grands ou petits. Il apprit à repérer les récifs rocheux coupés de crevasses où l'or est caché ; il arpenta de vastes plaines. Et tout le monde s'accorda pour reconnaître que ce Bentham était un battant.

Elle étudia les cartes, enseigna le catéchisme aux mineurs, introduisit quelques notions de géographie dans la caboche[2] de son mari. Elle découvrit de bons emplacements ; et tout le monde admira la rapidité avec laquelle il s'était fait une idée juste et complète de la contrée. Ces admirateurs reconnurent aussi que sa femme était une bien brave personne. Quelques-uns furent même assez sensés pour l'apprécier à sa vraie valeur et la plaindre.

À elle le travail ! À lui les honneurs et l'avantage ! La loi du Nord ne reconnaissait pas à une femme le droit de posséder un ruisseau, un banc de rocher ou de quartz et de l'entourer d'une clôture. Ce fut donc Edwin Bentham qui se rendit chez le commissaire en chef de l'or afin de faire enregistrer sa licence d'exploitation du Banc 23 sur la colline des Français. Quand vint le mois

---

1. Benêt : sot.
2. Caboche : tête (familier).

d'avril, il lavait assez d'or pour récolter quotidiennement plusieurs milliers de dollars, et tout laissait croire que ça allait continuer.

En contrebas de la colline coulait un petit ruisseau qu'on avait surnommé l'Eldorado. Il appartenait à un certain Clyde Wharton, qui avait construit sa cabane sur le bord. Au moment de ce récit, Clyde était bien loin de laver plusieurs milliers de dollars d'or par jour ; mais il entassait de la terre de mine qui représenterait au bout de la première opération de lavage quelques centaines de milliers de dollars.

Clyde restait souvent assis dans sa cabane, perdu dans ses rêves et la fumée de sa pipe. Ils étaient beaux les rêves de Clyde, bien que la poussière d'or, les terrains aurifères ou la demi-tonne de richesse qui grossiraient un jour le magot de la Compagnie P.C. n'y tinssent pas une grande place.

En lavant sa vaisselle d'étain, Grace Bentham rêvait elle aussi. Elle non plus ne rêvait pas de poussière d'or. Il lui arrivait souvent de croiser Clyde en chemin, alors que l'un et l'autre se rendaient à leur exploitation. Au Northland, ce ne sont pas les sujets de conversation qui manquent quand le printemps est là. Pourtant, aucun clin d'œil, pas une seule parole imprudente ne dévoila le secret de leur cœur, du moins au début. Mais un jour Edwin Bentham, semblable en cela à tous les gens de son espèce, se montra particulièrement brutal. Sa richesse avait fait de lui le notable de la vallée et il oubliait tout ce qu'il devait à son épouse. Mis au courant de cette dernière grossièreté, Clyde Wharton guetta le passage de Grace et lui glissa dans l'oreille un flot de douceurs, l'air très excité. Elle s'en montra bien heureuse mais refusa de se laisser griser[1] par le beau parleur et lui fit promettre de ne pas recommencer : son heure n'était pas encore venue !

La belle saison arriva. L'aurore d'acier chassa les ténèbres. La neige fondit et l'eau coula joyeusement. On pouvait se mettre à « laver ». Les hommes courageux, venus du sud, passèrent leurs journées à présenter le minerai au courant. L'or remplissait leurs poches, et le rude travail ne connaissait plus d'interruption. C'est alors que sonna l'heure de Grace Bentham. Cette heure-là sonne pour toutes les créatures, celles du moins qui ne sont pas trop flegmatiques[2]. Il est vrai qu'on trouve de ces personnes qui savent rester bonnes, moins par vertu que par paresse. Tous ceux qui ont connu à un moment ou à l'autre leur moment de faiblesse me comprendront.

Edwin Bentham était absent, parti aux Forks pour faire peser sa poussière d'or au comptoir de la Compagnie. Il avait déjà déposé une belle fortune sur la table en pitchpin[3]. Grace descendit alors de la colline et se glissa dans la cabane de Wharton. Clyde n'avait pas prévu cette visite mais il se garda bien de s'en étonner.

Le père Roubeau avait lui aussi aperçu Grace. Bien des peines, beaucoup d'espoirs déçus auraient été évités s'il ne s'était pas trouvé là. Mais dès qu'il eut aperçu

---

1. Griser : charmer.
2. Flegmatiques : qui ne se laissent pas troubler.
3. Pitchpin : bois très résineux provenant de plusieurs espèces de pins.

Grace, à partir de la piste, le prêtre se dirigea vers la maisonnette.

— Mon enfant !

— Passez votre chemin, père Roubeau, dit Clyde. Je ne partage pas votre foi mais je vous respecte. Vous n'avez aucun droit de vous interposer entre cette femme et moi.

— Savez-vous comment cela va finir ?

— Si je le sais ! Seriez-vous le Dieu tout-puissant, prêt à me menacer des flammes éternelles que je ferais ce qui me plaît, même si vous n'êtes pas d'accord !

Wharton avait fait asseoir Grace sur un tabouret et s'était campé devant elle, dans une attitude de défi.

— Restons calmes, conseilla-t-il au jésuite. Prenez un siège. Vous m'écouterez d'abord et prendrez la parole ensuite.

Le père Roubeau remercia avec courtoisie. D'humeur accommodante et plein d'expérience, il savait en toutes circonstances attendre l'occasion favorable. L'autre poussa son tabouret près de Grace et s'assit, tout en lui serrant sa main à la broyer.

— Vous m'aimez donc tant que vous voulez m'emmener ? demanda-t-elle.

Et son doux visage reflétait la force tranquille de cet homme, contre la poitrine duquel elle se blottissait.

— Ne vous l'ai-je pas déjà dit, ma chérie ? Je…

— Mais comment ferez-vous avec cet or à laver ?

— Je m'en moque. Je vais confier tout cela au père Roubeau. Il est digne de confiance ; il saura mettre mon or en sûreté à la Compagnie.

— Quelle idée ! Je ne le reverrai jamais…
— Voilà qui serait pour vous la bonne aubaine.
— Clyde, je ne peux pas. Je ne peux pas !
— Calmez-vous. Mais si, vous pouvez ! Laissez-moi faire. Le temps de rassembler quelques chariots et nous partons.
— Et s'il revenait avant ?
— Je lui casse le cou !
— Non, Clyde, pas de bagarre. Il faut me promettre…
— Bon, d'accord. On ne l'aime pourtant guère par ici. Les hommes savent de quelle manière il vous traite. Je leur demanderai de le mettre hors de sa plantation.
— Non, ce n'est pas bien. Il ne faut pas lui faire de mal.
— Et quoi encore ? Laissez-le donc revenir ici et vous enlever sous mes yeux pendant que vous y êtes !
— Non, oh non ! dit-elle en lui caressant la main.
— Dans ce cas laissez-moi faire et ne vous tracassez pas. On ne lui fera pas de mal, j'y veillerai. Comme s'il se souciait, lui, de savoir si vous avez mal ou non ! Nous ne redescendrons pas à Dawson. Je vais demander à deux camarades de préparer un bateau et de nous l'amener sur le Yukon à la rame. Il suffira de traverser le ruisseau et de naviguer en radeau à leur rencontre, sur L'Indian River. Ensuite…
— Ensuite ?

Elle laissa aller sa tête sur l'épaule de l'homme. Leurs voix s'abaissèrent jusqu'à ne plus être qu'un murmure caressant. Sur sa chaise, le jésuite se tortillait, mal à l'aise.

– Ensuite ?
– Eh bien, nous ramerons, toujours plus avant. Nous franchirons le Box Canon et les rapides du Cheval Blanc.
– Oh !
– Puis nous remonterons le Sixty Mile et nous traverserons les lacs Chicoot et Dyca, puis le Lac Salé.
– Mais je n'ai jamais tenu un aviron, mon amour.
– Quelle importance, ma chérie ? Sitka Charley acceptera sûrement de nous accompagner. Il a navigué sur tous les fleuves et je n'ai jamais rencontré un meilleur guide, aussi vrai qu'il est indien. Vous n'aurez rien d'autre à faire que de rester assise au milieu du bateau, à chantonner, à jouer les reines, à chasser les moustiques... même pas, ce n'est pas encore la saison.
– Et après, mon doux seigneur ?
– Après ? Nous nous embarquerons pour San Francisco. Et le monde nous sera offert. Jamais nous ne reviendrons dans ce trou maudit. La terre est vaste ; nous n'aurons que l'embarras du choix. Au Syndicat de Walworth on me donnera cinq cent mille dollars pour l'or de ma concession, sans compter le double, au moins, qui attend d'être lavé ou que j'ai déjà placé à la Compagnie. Nous visiterons l'Exposition universelle de Paris, nous irons à Jérusalem, et, si ça vous chante, en Italie. Nous y achèterons un palais. Vous serez Cléopâtre, non, plutôt Lucrèce ou Acté[1], ou celle que vous

---

1. Cléopâtre : reine de l'Antiquité égyptienne (Ier siècle avant J.-C.) ;
Lucrèce : femme romaine considérée comme une héroïne (Ve siècle avant J.-C.) ;
Acté : maîtresse de l'empereur romain Néron (Ier siècle après J.-C.).

voudrez, selon la fantaisie de votre gentil cœur. Mais il ne faut pas. Non, il ne faut pas...

— La femme de César[1] ne peut prêter aux soupçons.

— Évidemment, mais...

— Mais il y a que je ne veux pas devenir votre femme.

— Ce n'est pas ce que j'ai voulu dire.

— Et vous m'aimerez tout autant, c'est cela ? Ah, mon ami, j'ai bien peur que vous fassiez comme les autres et qu'un jour vous vous lassiez de ma tendresse.

— Comment pouvez-vous parler comme cela ?

— Promettez-moi.

— Oui, je le promets.

— Vous dites cela spontanément. Mais qu'en savez-vous ? Et moi-même, qu'en sais-je ? J'ai si peu à vous offrir. Peu et tout ! Oh Clyde, il faut m'aimer toujours.

— Allons ! Voilà que vous doutez déjà de moi. C'est à la vie à la mort, savez-vous ?

— J'ai dit cela naguère à mon mari ; et maintenant...

— Maintenant, ma chérie, vous allez cesser de vous tourmenter avec des chimères[2].

Ils unirent pour la première fois leurs lèvres frémissantes.

Le prêtre avait pris le parti de surveiller la route à travers la fenêtre, mais, ne voulant pas que ce silence se prolonge, il se retourna en toussotant.

— À vous maintenant, père Roubeau.

Wharton, le visage rayonnant de son premier baiser,

---

1. César : général romain du Ier siècle avant J.-C.
2. Chimère : rêverie insensée.

invitait le prêtre à entrer en lice[1], ne doutant pas pour sa part du résultat final de cette joute oratoire[2]. Il y avait une note de triomphe dans sa voix et Grace elle-même ne réprimait plus le sourire de bonheur qui jouait sur ses lèvres, en levant son regard sur le père.

— Mon enfant, commença-t-il, mon cœur a mal pour vous. Vous faites un beau rêve, mais c'est une illusion.

— Pourquoi donc ? J'ai dit oui.

— Vous avez agi dans l'inconscience. Vous avez oublié la foi jurée devant Dieu à l'homme qui est aujourd'hui votre mari. Mon devoir est de vous rappeler le caractère sacré de votre promesse.

— Et si je refusais quand même ?

— Dieu…

— Quel Dieu ? Celui de mon mari ? Je ne peux me résoudre à l'honorer, ce Dieu, et il doit y en avoir beaucoup d'autres semblables.

— Mon enfant, mon enfant ! Ne parlez pas ainsi. Vous ne pensez sûrement pas ce que vous dites. Pourtant, je vous comprends ; j'ai moi aussi traversé des heures comme celle-ci.

Une minute s'écoula pendant laquelle il revit la France ; entre lui et la jeune femme un visage passa comme dans un brouillard, triste et marqué d'angoisse.

— Mon père, c'est donc que Dieu m'a abandonnée. Je ne suis pas une mauvaise femme ; mais j'ai été trop malheureuse avec mon mari. Faut-il donc continuer à

---

1. Entrer en lice : intervenir dans le débat (emploi métaphorique).
2. Joute oratoire : affrontement verbal.

vivre ainsi, refuser le bonheur qui est à ma portée ? Je ne retournerai pas auprès d'Edwin ; je ne le veux pas.

– C'est vous qui abandonnez Dieu. Ma petite fille, remettez-vous à nouveau entre ses mains. Il allégera votre fardeau et vous ne marcherez plus dans les ténèbres. Rejoignez votre mari.

– Inutile ! J'ai fait mon choix. Je dormirai dans le lit que j'ai préparé. J'irai sur mon propre chemin. Et si Dieu me punit, je subirai. Vous êtes un homme, vous, et vous ne pouvez pas comprendre.

– Ma mère était une femme.

– Mais...

– Et le Christ est né d'une femme.

Elle ne répondit pas. Le silence retomba dans la cabane. Debout devant la fenêtre, Wharton donnait des signes d'impatience, maltraitant sa moustache. Grace avait appuyé ses coudes sur la table ; son fin visage était résolu. Aucun sourire ne l'adoucissait.

Le père Roubeau choisit une autre tactique :

– Avez-vous des enfants ?

– J'en ai désiré, ardemment. Aujourd'hui je ne les souhaite plus, et me réjouis plutôt de ne pas en avoir.

– Avez-vous une mère ?

– Oui.

– Qui vous aime ?

– Oui, fit Grace à voix étouffée.

– Un frère ? C'est vrai, ne parlons pas de lui, c'est un homme. Une sœur ?

Grace hocha la tête en signe d'affirmation.

– Jeune ? Beaucoup plus jeune que vous ?

— Je suis son aînée de sept ans.
— Avez-vous donc réfléchi à ce que vous allez faire ? Pensez-vous à votre famille, à votre mari, à votre jeune sœur ? Elle est au seuil de l'existence et votre conduite a pour elle une grande importance. Pourriez-vous donc aller à sa rencontre, prendre ses mains, serrer votre joue contre la sienne, oseriez-vous la regarder en face ?

Ces mots faisaient surgir des images vivantes. Elle cria :
— Laissez-moi. Arrêtez.

Elle se dérobait comme un chien sous le fouet.
— Il vaut mieux regarder les choses en face, insista le père Roubeau, et maintenant.

Grace dissimulait son regard, sur lequel passa un nuage de pitié. Mais ses traits, contractés et durs, refusaient de s'attendrir. Elle refoula ses larmes, redressa la tête et s'efforça au calme.

— Je m'en irai, dit-elle. Elles finiront par m'oublier. Je serai morte pour elles et je vais partir avec Clyde, tout de suite, aujourd'hui.

La discussion paraissait close. Wharton s'avança, mais d'un geste de la main le prêtre le fit reculer.

— Vous avez donc désiré des enfants.

Signe affirmatif.

— Et vous avez prié Dieu de vous en donner.
— Souvent.
— Et si vous aviez maintenant un enfant ? Y avez-vous songé ?

En posant cette question le père Roubeau déplaça son regard vers l'homme qui se tenait debout près de la fenêtre. Un éclair fugitif éclaira le visage de Grace : elle avait entrevu ce que pourrait être l'avenir. Ses mains se levaient en un geste suppliant. Le prêtre continua :

– Vous imaginez-vous, berçant un bébé innocent ? Quelle amertume serait la vôtre ! Pour les filles ce monde est moins dur, mais comment pourriez-vous être fière et heureuse de votre fils en regardant les autres enfants ?

– Pitié, pitié, laissez-moi.

– Un paria[1], rejeté par tous.

– Arrêtez. Non ! Je veux retourner près de mon mari.

– Cet enfant grandirait sans connaître le mal jusqu'au jour où on le traiterait de bâtard...

– Oh mon Dieu, mon Dieu...

Elle rampait presque sur le sol. Avec un gros soupir le prêtre se pencha et la remit sur pied. Wharton s'avança mais ce fut elle qui lui demanda alors de se tenir à distance.

– Ne m'approchez pas, Clyde. Je retourne près de mon mari.

Son visage était inondé de larmes qu'elle ne cherchait même pas à essuyer. Mais l'autre refusait de s'avouer battu.

– Après ce qui s'est passé, Grace, c'est impossible. Je ne vous laisserai pas faire.

– Ne me touchez pas, dit-elle en frissonnant.

– Mais vous êtes à moi, entendez-vous ? À moi !

« Et vous, dit-il en se retournant vers le prêtre, vous

---

1. Paria : personne méprisée par un groupe.

pouvez vous vanter d'avoir fait du joli avec votre langue maudite. Remerciez votre bon Dieu de ne pas être un homme comme les autres, sinon je… Mais il faut bien que le prêtre use de son privilège, n'est-ce pas ? Vous vous en êtes bien servi. Maintenant, décampez de chez moi, avant que j'aie oublié qui vous êtes.

Le père Roubeau baissa la tête. Il prit Grace par la main et l'entraîna vers la porte. Wharton s'interposa :

– Grace, vous m'aviez pourtant bien dit que vous m'aimiez ?

– C'est vrai, je l'ai dit.

– Et maintenant ?

– Je vous aime toujours.

– Dites-le encore.

– Je vous aime, Clyde. Je vous aime de tout mon cœur.

– Vous l'entendez comme moi. Elle m'aime et vous voudriez la renvoyer à son mari qui le lui fera payer par une vie d'enfer ?

C'est à cet instant qu'un coup violent ébranla la porte. Sans perdre une seconde, le père avait poussé la jeune femme vers la porte du fond et s'était assis sur un tabouret, l'air dégagé, recommandant à voix basse :

– Chut ! Clyde, pas d'éclats, c'est dans son intérêt.

Edwin Bentham fit irruption dans la pièce :

– Avez-vous vu ma femme ?

Les deux têtes se secouèrent en même temps.

– J'ai suivi ses traces sur le grand chemin depuis la maison. Elles s'arrêtent juste en face de votre cabane.

Les deux autres paraissaient fort ennuyés.

– Alors j'ai pensé…

– Qu'elle était ici ? fit Wharton d'une voix de tonnerre.

Le prêtre lui imposa silence du regard.

– Mon fils, auriez-vous constaté que ces traces allaient jusqu'au seuil de cette maison ?

Malin et prévoyant, le père Roubeau avait effacé les traces de la jeune femme en empruntant la même sente[1] qu'elle.

– C'est que… je ne me suis pas baissé pour vérifier et…

Il jeta alors les yeux sur la porte de la chambre. Son regard interrogea le prêtre ; mais celui-ci secoua la tête. Pourtant le doute subsistait dans l'esprit d'Edwin. Le père adressa alors au ciel une courte prière et, se levant : « Si vous n'avez pas confiance… » Et il fit le geste d'ouvrir la porte.

Bentham ne soupçonnait pas qu'un prêtre pût mentir. On lui avait toujours enseigné le contraire et sa conviction n'avait jamais varié en la matière.

– Pas du tout, pas du tout, répondit-il en retenant le jésuite. Je me demandais seulement où ma femme avait bien pu aller. Chez Mme Stanton sans doute, à la crique aux Français. Sacré beau temps, n'est-ce pas ? Savez-vous la nouvelle ? La farine est descendue à quarante dollars le quintal[2] et on raconte que les mignonnes

---

1. Sente : sentier.
2. Quintal : ancienne unité de masse équivalant à environ 45 kilos.

petites femmes chechaquas descendent en foule la rivière. Mais il faut que je m'en aille. Adieu !

Il referma la porte sur ses talons. Les deux hommes le regardèrent s'éloigner en direction de la crique.

Quelques semaines plus tard, un canot descendait la rivière avec deux hommes à bord. On était juste après les hautes eaux du mois de juin. L'esquif[1] filait droit sur une épave de pin et fut secoué au passage comme par le sillage d'un remorqueur. L'un de ces hommes était le père Roubeau, que ses supérieurs rappelaient du Haut Pays, lui demandant de rejoindre ses enfants noirs de Minook. Ces braves paroissiens avaient écouté des Blancs peu scrupuleux et passaient plus de temps à honorer la dive bouteille[2] qu'à la pêche. Malemute Kid avait lui aussi à faire dans le Bas Pays et voyageait avec le père Roubeau.

Dans tout le Northland il n'y avait qu'un homme à vraiment connaître Paul Roubeau, c'était Malemute Kid. Devant lui, le jésuite dépouillait son appareil sacerdotal[3] et se montrait à nu. La raison en était facile à comprendre. Les deux compagnons avaient partagé la dernière miette de poisson, échangé les confidences les plus intimes quand ils avaient cru leur dernière heure venue. Ils avaient traversé côte à côte les confins de la mer de Béring, marché dans les brouillards angoissants du Grand Delta, effectué un terrible voyage, par

---

1. Esquif : barque, canot.
2. Honorer la dive bouteille : boire du vin.
3. Sacerdotal : conforme au caractère religieux.

un froid rigoureux, entre Point Barrow et le cap du Hérisson.

Le père gardait les yeux fixés au nord, sur le disque rouge du soleil. Il tirait d'épaisses bouffées de sa pipe. Malemute consulta sa montre, vérifia qu'il était minuit et, s'adressant à son compagnon :

– Courage, ami, il faut vous remettre.

Il disait cela pour reprendre le fil d'une conversation interrompue.

– Le Bon Dieu vous pardonnera votre mensonge. Laissez-moi vous citer un homme qui était dans le vrai : « La marque du chien flétrira celui qui trahit un secret. »

S'il y a des tristesses à Heward qu'un affreux mensonge puisse dissiper, mens pendant que tes lèvres peuvent remuer ; et qu'il existe un homme vivant pour les entendre...

Le père retira sa bouffarde[1] et se mit à réfléchir.

– Je donne raison à votre poète, dit-il. Mais il y a autre chose. Le mensonge, la pénitence, c'est l'affaire de Dieu. Mais...

– Quoi encore ? Vous avez les mains nettes !

– Pas tant que cela, Kid. J'ai beaucoup réfléchi et il y a toujours cette chose. Je savais qu'elle serait malheureuse avec son mari, et je l'ai fait retourner près de lui !

Un rouge-gorge lança son chant mélodieux à la lisière du bois, le cri d'appel d'une perdrix lui fit écho. Un poisson brillant se faufila entre les remous.

Les deux hommes continuèrent à fumer en silence.

---

1. Bouffarde : pipe (familier).

Unga

Plainte éternelle des traîneaux, craquements des harnais, tintement des clochettes des conducteurs : la caravane se traînait sur une couche épaisse de neige qui rendait la marche pénible. Ni les hommes ni les chiens ne faisaient entendre le moindre son. Ils arrivaient de loin, hébétés de fatigue, titubant sous leur charge de viande gelée plus dure que du caillou. La température était très douce, quelques degrés à peine au-dessous de zéro. Une neige molle, faite de cristaux délicatement sculptés, descendait doucement vers le sol. Meyers et Bettles avaient relevé les rabats de leurs casquettes et Malemute Kid avait même enlevé ses mitaines.

Les chiens avaient eu un coup de fatigue au milieu de l'après-midi. Mais depuis quelques minutes ils étaient fouaillés[1] par une ardeur nouvelle. Les plus robustes ou les plus nerveux agaçaient les nonchalants[2] à coups de dents sournois. Ils reniflaient et dressaient les oreilles. Ceux de derrière donnaient du museau dans la croupe

---

1. Fouaillés : stimulés, excités.
2. Nonchalants : qui manquent de vivacité, d'énergie.

des précédents. Ainsi, la soif de mouvement se communiqua à tout l'attelage. Le chien de tête du premier traîneau émit un long grognement de satisfaction; il baissa le nez vers la neige et, d'un fort coup de collier, enleva son attelage, imité par tous les autres. Les courroies se tendirent; les hommes tenaient d'une main ferme leurs perches de conduite, attentifs à lever les pieds assez haut pour ne pas tomber sous les pattes des coureurs. Envolée, la fatigue de la journée. De joyeux aboiements répondaient aux paroles d'encouragement. Malgré l'obscurité grandissante, on allait bon train.

– Hue! Hue!

Chaque conducteur harcelait joyeusement son attelage. Les traîneaux filaient comme le vent.

Enfin, ce fut la dernière ligne droite, cent mètres à peine, vers une fenêtre en papier huilé, bien éclairée, fanal[1] béni signalant la cabane hospitalière, la chaleur d'un poêle du Yukon et des bolées de thé bouillant. Des appels joyeux furent échangés. La porte de la cabane s'ouvrit, et un homme en tunique rouge sortit à la rencontre des arrivants. L'homme se frayait difficilement un chemin au milieu des bêtes rendues furieuses par l'imminence[2] de la halte et du repas. Avec une belle indifférence, l'officier distribuait équitablement[3], à droite et à gauche, les coups du gros bout de son fouet. Enfin les hommes purent se donner de vigoureuses poignées de main. Et c'est ainsi que

---

1. Fanal : lanterne.
2. Imminence : approche.
3. Équitablement : de façon juste.

Malemute Kid fut accueilli au seuil de sa propre cabane par un étranger.

Stanley Prince avait chargé le poêle du Yukon, fait bouillir le thé et s'activait pour ses hôtes. La douzaine d'hommes qu'il recevait si bien constituait un mélange très caractéristique de ces escouades[1] d'individus engagés au service de Sa Majesté pour le maintien des lois et l'acheminement du courrier. Tous de races différentes, mais façonnés au même type par leurs rudes conditions de vie : muscles d'acier, corps secs et nerveux, visages hâlés par le soleil et l'air vif, âmes sereines éclairant un regard ferme et assuré. Ils conduisaient les chiens de Sa Majesté, inspiraient une crainte salutaire aux ennemis de l'ordre, recevaient en échange une nourriture frugale[2] et s'en trouvaient plus qu'heureux. Ils connaissaient la vie, comptaient quelques exploits à leur actif et auraient été bien étonnés si on leur avait dit qu'ils étaient des héros de roman.

Là, dans cette cabane, ils étaient chez eux. Deux d'entre eux s'étaient étendus sur la couchette de Malemute Kid. Ils chantaient à gorge déployée de vieilles chansons, apprises de leurs ancêtres français et remontant à l'époque où ces ancêtres s'étaient unis à des femmes indiennes dans les territoires du Nord-Ouest. De la même manière, la couchette de Bettles avait été occupée par quatre robustes gaillards qui prenaient un plaisir manifeste à écouter l'un d'eux leur raconter une

---

1. Escouade : brigade.
2. Frugale : simple et peu abondante.

histoire de matelot, du temps où Wolseley avait entrepris son expédition vers Khartoum. Quand le conteur fut à court, un jeune vacher prit le relais et décrivit avec force détails les merveilles entrevues en Europe chez les seigneurs et les belles dames à l'occasion de la tournée de Buffalo Bill dans les capitales du Vieux Monde[1]. Dans un coin, deux métis parlaient à voix basse de la guerre qu'ils avaient faite ensemble, quand Louis Riel[2] avait pris la tête d'une vaste insurrection[3] et fait trembler le Nord-Ouest.

Les plaisanteries douteuses et les blagues grossières fleurissaient un peu partout. Les aventures les plus périlleuses des conducteurs de traîneaux étaient évoquées comme des péripéties sans importance, dignes d'inspirer un bavard seulement par leurs côtés grotesques ou ridicules. Prince n'était plus maître chez lui. Il fut accaparé par de sympathiques garçons qui, en échange de son tabac, ne lui firent grâce d'aucune anecdote, héroïque ou graveleuse[4], émouvante ou banale. Tous leurs souvenirs remontèrent à la surface et furent déversés en un flot continu.

Enfin la conversation s'apaisa. Les voyageurs bourrèrent une dernière pipe, délacèrent les courroies qui maintenaient serrées leurs couvertures de fourrure et sombrèrent dans un profond sommeil. Prince se tourna

---

1. Vieux Monde : continent européen.
2. Louis Riel (1844-1885) : homme politique qui déclencha une révolte des métis contre le gouvernement canadien.
3. Insurrection : révolte.
4. Graveleuse : qui fait crûment allusion à la sexualité.

alors vers son camarade Malemute Kid pour obtenir quelques explications.

– Vous connaissez le jeune vacher, lui répondit Malemute Kid en délaçant ses mocassins. Vous aurez aussi deviné que son camarade est de race anglaise. Quant aux autres, ils sont tous nés de coureurs des bois et doivent représenter un beau mélange de races ; Dieu sait combien. Les deux, là près de la porte, sont incontestablement des « Bois-Brûlés ». Le jeunot, qui a une écharpe et des culottes de laine, pourrait bien avoir eu un Écossais pour papa, du moins si j'en juge à ses sourcils et à sa mâchoire carrée. Le beau gars, qui a pris sa capote pour traversin, doit être français de sang mêlé. Il se tient à l'écart des deux Indiens. C'est que métis et Indiens de sang pur ne s'estiment guère depuis le soulèvement de Louis Riel, auquel les sangs purs ne daignèrent pas prendre part.

– Et cet homme, près du poêle ? Triste comme un bonnet de nuit, incapable de dire deux mots d'anglais, je parie. Il n'a pas desserré les dents de toute la soirée.

– Vous faites erreur. Il connaît très bien l'anglais. Avez-vous suivi son regard ? Il n'a rien perdu de nos conversations. Mais le courant ne passe pas entre lui et les autres. Par contre, lorsque ses voisins s'exprimaient en patois[1], il était facile de voir qu'il n'y comprenait goutte. Faisons une expérience.

Malemute regarda le bonhomme bien en face et lui cria d'une voix forte :

---

1. Patois : parler local.

– Mettez deux morceaux de bois dans le poêle, je vous prie.

L'autre s'exécuta aussitôt.

– Il a été bien dressé et sait ce qu'est la discipline, fit remarquer Prince à voix basse.

Malemute en convint. Il se déchaussa et se fraya un chemin au milieu des corps étendus pour aller suspendre ses chaussures au milieu d'autres chaussures à peu près semblables. Puis il revint vers l'inconnu, bien décidé à le faire parler.

– Quand pensez-vous arriver à Dawson ?

L'autre prit le temps d'examiner Kid avant de lui répondre.

– Il y a soixante-quinze milles, à ce qu'on dit. J'en ai peut-être pour deux jours.

Il parlait avec un léger accent, mais sans chercher ses mots.

– Vous êtes déjà venu par ici ?
– Non.
– Vous venez du territoire du Nord-Ouest ?
– Oui.
– C'est donc que vous y êtes né ?
– Non.
– Alors, où êtes-vous né ? Je vois bien que vous n'appartenez à la race d'aucun autre de vos camarades.

En disant cela, Malemute Kid désignait tous les hommes présents dans la cabane, embrassant du même geste de la main aussi bien les conducteurs de chiens que les deux officiers qui s'étaient glissés dans la couchette de Prince.

– D'où venez-vous ? Votre visage me dit quelque chose, mais je suis incapable de me rappeler où j'en ai rencontré de semblables.

– J'vous connais, moi, répliqua l'étranger au lieu de répondre.

– Vous m'avez déjà vu ?

– J'vous ai jamais vu. Mais vot' copain, le curé de Pastilik, m'a causé de vous. Il m'a demandé si je vous avais vu et il m'a donné des vivres. J'ai pas fait une longue halte. C'est-y qu'il vous a parlé de moi ?

– Ah ! c'est vous qui avez troqué un lot superbe de peaux de loutres contre un attelage de chiens ?

L'homme hocha la tête en signe d'assentiment. Puis il vida sa pipe et se roula dans ses couvertures. Pour lui la conversation était terminée.

Kid souffla la lampe et se coula sous les couvertures, lui aussi, auprès de Prince.

– Alors, lui demanda ce dernier, qui c'est cet homme-là ?

– Incapable de vous le dire. Il est fort pour détourner les questions. Et il s'est tu brusquement. N'empêche qu'il m'intrigue. On a beaucoup parlé de lui, il y a de ça huit ans. Tout le pays résonnait de ses exploits. Il y a du mystère là-dessous. Il venait du nord, en plein hiver. Il avait longé la mer de Béring[1] et avait fait plusieurs milliers de milles comme s'il avait eu le diable aux trousses. Personne n'a jamais su d'où il venait. Il avait dû marcher longtemps car il était épuisé. Le missionnaire suédois lui

---

1. Mer de Béring : mer de l'océan Pacifique située entre la Sibérie et l'Alaska.

donna des provisions et lui indiqua la route à suivre vers le sud. C'est beaucoup plus tard qu'on a su tout cela. Je sais qu'ensuite il s'éloigna de la côte et se dirigea vers le canal Norton. D'autres que lui auraient péri dans les bourrasques de neige et les tempêtes qu'il a dû traverser. Il a manqué la halte de Saint-Michel et a échoué à Pastilik. C'est là qu'il a rencontré le père Roubeau, qui lui a donné des provisions, mais pas de chiens car lui-même m'attendait pour entreprendre un petit voyage. Pourtant Ulysse, appelons Ulysse notre inconnu, faute de mieux, n'avait plus que deux chiens. Il connaissait trop la piste pour partir avec un si faible attelage. Il rôda dans la région, très inquiet, en traînant sa cargaison de peaux de loutres.

Un vieux commerçant russe, appelons-le Shylock, s'apprêtait à tuer des chiens dont il n'avait que faire. Vous comprenez comment le Shylock put acquérir un lot splendide de peaux de loutres, je les ai d'ailleurs vues chez lui, et comment Ulysse put reprendre la route avec un attelage reconstitué. Le Russe avait fait une affaire splendide : au moins deux mille dollars par tête de chien. Je ne pense pourtant pas qu'Ulysse ignorait la valeur de ses loutres. Cette espèce d'Indien avait vécu parmi les Blancs, le peu qu'il disait le montrait assez. On a su qu'il était passé à Munivak après la fonte des neiges pour faire des provisions. Après, plus de trace de lui. D'où venait-il, où allait-il, dans quel but ? Mystère. C'est sûrement un Indien, qui a beaucoup vécu et a l'habitude d'obéir, chose rare chez les Indiens. Encore un autre mystère du Nord qui vous revient, Prince.

– Grand merci, je ne manque pas d'ouvrage pour le moment.

Là-dessus, Malemute Kid se mit à ronfler et le jeune ingénieur, perdu dans ses pensées, demeura longtemps les yeux ouverts, le regard fixé au plafond, attendant que la curiosité s'éteigne en lui pour céder la place au sommeil. Quand enfin il s'endormit, son cerveau continua de vagabonder en rêve à travers les plaines infinies, les solitudes enneigées où il voyait peiner des chiens, lutter, souffrir et mourir des hommes. Il errait lui aussi parmi ces hommes.

Le lendemain, bien avant le lever du jour, les officiers de police et les conducteurs de traîneaux repartirent pour Dawson. Le service de Sa Majesté ne leur laissait que peu de repos, car moins de huit jours plus tard, ils refirent leur apparition à Stuart River, chargés cette fois d'un poids considérable de courrier pour le Lac Salé. Les chiens, eux, avaient été remplacés. Heureux chiens !

Le Klondike était alors une nouvelle région du Northland et les hommes croyaient pouvoir y découvrir des merveilles. Ils aspiraient à contempler cette « Cité de l'Or » où, paraît-il, le métal précieux coulait comme de l'eau, où la musique et la danse ne s'arrêtaient jamais dans les saloons. Les conversations allaient bon train pendant le rituel du déshabillage et du séchage des chaussures. En fumant leur pipe, deux ou trois esprits forts[1] évoquèrent la possibilité de déserter et de gagner

---

1. Esprit fort : personne qui prétend dépasser les idées communément admises.

leurs anciennes exploitations du Chippewyan, à travers la région inexplorée des Rocheuses et la vallée du Mackenzie. Deux ou trois autres décidèrent d'emprunter le même chemin pour rentrer chez eux par le même chemin à la fin de leur temps de service. Et ce projet les excitait autant que celui d'une partie de campagne promise à des citadins.

Ulysse, l'homme aux peaux de loutres, ne prenait guère d'intérêt à la conversation, bien qu'il eût l'air très agité. Il finit par tirer Malemute Kid à l'écart et lui parla à voix basse. Cet aparté[1] intriguait Prince, qui les vit sortir après avoir pris leurs casquettes et enfilé leurs mitaines. Revenu dans la cabane, Malemute pesa une soixantaine d'onces[2] de poussière d'or qu'il versa dans le sac de l'inconnu. Le chef conducteur prit alors part au conciliabule[3].

Le lendemain toute la troupe reprit la route du fleuve, à l'exception d'Ulysse, qui se munit de quelques provisions et tourna ses pas vers Dawson.

Interrogé par Prince, Malemute Kid s'avoua incapable de donner une explication claire à ce curieux comportement.

– Le pauvre diable voulait quitter le service, sans doute pour une raison très importante, mais qui ne regarde que lui. Voyez-vous, Prince, c'est un peu comme dans l'armée. Il voulait partir, mais il ne voulait pas déserter. Il devait donc se racheter. Comment faire

---

1. Aparté : conversation tenue à l'écart.
2. Une soixantaine d'onces : un kilo sept cents grammes.
3. Conciliabule : entretien à voix basse.

quand on ne possède pas le premier centime ? Il a pris sa décision à Dawson et en a longtemps entretenu le lieutenant-gouverneur. Ce dernier a donné son accord sous la réserve du rachat. Je suis le seul homme qui lui ait adressé quelques mots. Il est donc venu me trouver pour obtenir l'argent nécessaire. C'est un prêt, vous savez, Prince. Il m'a dit qu'il me payerait d'ici un an. Il m'a dit que si je le voulais il m'indiquerait un endroit où il y a beaucoup d'or. Non, il n'y est jamais allé ; mais il en connaît l'emplacement... Il a parlé... parlé... Impossible de l'arrêter. Quand nous sommes sortis, il était au bord des larmes. Il m'a supplié à genoux dans la neige. Il était hors de lui, comme un homme qui a trimé[1] pendant des années et des années et qui touche enfin au but espéré. Je lui ai demandé de quoi il voulait parler. Mais il a refusé de me répondre. Il m'a dit qu'il devait encore assurer la deuxième tournée du courrier et qu'il ne retournerait plus dans ce cas à Dawson avant deux ans. Il serait trop tard alors ! Jamais je n'ai vu un homme aussi désespéré. Quand je lui ai offert de lui prêter de l'argent, il s'est jeté encore une fois à mes genoux et j'ai dû le relever. Je lui ai proposé de me régler en vivres. Mais il a refusé. Pourquoi ? Il a juré, monsieur, qu'il me dédommagerait, que tout ce qu'il trouverait serait à moi, que je deviendrais riche comme je n'ai jamais rêvé de l'être, etc., etc. Je ne comprends pas ce qui le pousse à jouer son existence contre un peu de provisions. Il y a une énigme là-dessous. Tenez-le-vous pour dit, Prince :

---

1. Trimé : travaillé dur (familier).

on entendra parler à nouveau du bonhomme s'il ne quitte pas le pays.

— Et s'il disparaît ?

— Malemute Kid en sera un peu triste et j'aurai perdu soixante onces d'or.

Le froid était de nouveau là. Le soleil recommençait à jouer à cache-cache derrière les collines enneigées du sud et les nuits se faisaient interminables. Pas de nouvelles du débiteur[1] de Malemute Kid. On était en janvier.

Un beau matin glacial, un traîneau lourdement chargé s'arrêta devant la cabane de Stuart River. C'était Ulysse. Il n'était pas seul. Un homme l'accompagnait, un de ces hommes que les dieux ont perdu l'habitude de façonner : Axel Gunderson lui-même. Il n'était jamais question de poussière d'or, de culot ou de chance, on ne racontait jamais d'histoires de force ou d'endurance sans que le nom d'Axel Gunderson y soit mêlé. Et si, par exception, la conversation venait à languir[2] il suffisait de prononcer le nom de la femme qui l'accompagnait pour la faire repartir aussitôt.

En modelant Gunderson, les dieux avaient retrouvé leur ancienne manière. Haut de sept pieds, habillé comme un roi de l'Eldorado, il dominait tout le monde. Épaules larges, torse puissant, ce géant devait chausser des raquettes deux fois plus longues que les autres pour

---

1. Débiteur : personne qui doit de l'argent à quelqu'un d'autre.
2. Languir : manquer de vivacité, devenir ennuyeuse.

empêcher ses trois cents livres de chair et d'os de s'enfoncer dans la neige. Bâti à chaux et à sable[1], sourcils broussailleux, mâchoire carrée, regard pâle d'un bleu délavé : tout en lui dénotait l'audace et la détermination. Sa loi était la force. Il laissait tomber très bas sur sa veste en peau d'ours une longue chevelure blonde soyeuse. C'était le fils des antiques rois de la mer ; et quand il heurta impatiemment la porte de son bâton, il apparut à Kid comme l'un de ces pirates d'antan qui se présentaient en hôtes impérieux[2] à l'entrée des châteaux.

Prince était occupé à malaxer, de ses bras nus dont la peau fine évoquait ceux d'une femme, la pâte pour le pain. Sans se détourner de son ouvrage, le « boulanger » jetait des regards de côté sur les arrivants. Il était difficile de trouver réunis des êtres aussi différents. Ulysse le fascinait toujours. Mais il était subjugué[3] par Alex Gunderson et sa femme. Gunderson avait dépensé des fortunes pour offrir à sa compagne des cabines luxueuses et l'on voyait bien que cette dernière étape dans une nature hostile l'avait exténuée. Elle se reposait, alanguie[4] contre la poitrine de son mari, fleur délicate s'appuyant au mur, et répondait avec indolence[5] aux aimables plaisanteries de Malemute Kid. De temps à autre, le regard noir qu'elle lui lançait faisait courir plus vite le sang dans les veines du pauvre Prince, homme

---

1. Bâti à chaux et à sable : très costaud.
2. Impérieux : imposants.
3. Subjugué : fasciné, très impressionné.
4. Alanguie : affaiblie.
5. Indolence : indifférence.

jeune et vigoureux, privé de la vue des femmes depuis de nombreux mois.

L'inconnue était plus âgée que lui ; c'était une Indienne. Mais elle avait voyagé dans de nombreux pays et Prince put constater qu'elle avait su joindre au savoir des filles de sa race toutes les connaissances qu'on acquiert dans les livres ou les salons. Elle en remontra[1] à ses interlocuteurs sur les techniques indiennes. Elle savait préparer le poisson séché, faire un lit sur la neige, et se remémorait tels ou tels plats typiques que les autres avaient oubliés. Le moose, l'ours et le petit renard bleu n'avaient pas de secrets pour elle. Elle lisait le cours des rivières et les secrets de la forêt. La trace la plus légère, laissée par un homme ou un oiseau sur la neige, lui parlait clairement.

Mais Prince put remarquer un petit froncement de sourcils de sa part quand elle découvrit, pendu au mur, le règlement des usages établi par Bettles-boit-sans-soif, alors que le bonhomme était jeune et vert. On pourrait y lire quelques préceptes[2] de conduite à tenir avec les dames qui auraient pu en faire rougir plus d'une. Habituellement Prince prenait la précaution de tourner l'écriteau contre le mur avant l'arrivée des représentantes du beau sexe[3]. Il n'avait pas soupçonné qu'avec cette Indienne... Maintenant il était trop tard.

La renommée d'Axel Gunderson et celle de son

---

1. En remontra : donna des leçons.
2. Précepte : principe, règle.
3. Représentantes du beau sexe : les femmes.

épouse avaient passé de bouche en bouche à travers tout le Northland. À table, Malemute Kid et lui parlèrent comme de vieux amis. Prince, une fois surmontée sa timidité première, se joignit à eux avec ardeur. La femme tenait brillamment sa place et son mari, dont l'intelligence était moins vive, se contenta plusieurs fois d'applaudir à ses reparties.

L'homme aux peaux de loutres mangeait dans son coin, en silence. Il s'était fait oublier des autres convives et quitta la table bien avant la fin du repas pour aller retrouver ses chiens.

Bientôt, trop tôt pour les deux hôtes de la cabane, le convoi reprit la route. Il n'était pas tombé de neige depuis deux jours sur le Yukon. Aussi les traîneaux glissaient-ils à vive allure comme sur une glace lisse. Ulysse conduisait le premier ; Prince et la femme d'Axel Gunderson avaient pris le second ; Malemute Kid et le géant aux cheveux d'or conduisaient le troisième.

– Un coup de chance, Kid, disait Axel. Je crois que le bonhomme ne s'est pas trompé et qu'il est honnête. Il n'est jamais allé là-bas mais l'histoire qu'il raconte mérite l'examen. Il m'a montré une carte dont j'avais d'ailleurs entendu parler au Kootenay[1]. J'aurais bien voulu vous avoir avec moi pour cette expédition. Mais le bonhomme est têtu. Il a juré qu'il planquerait tout sur-le-champ si quelqu'un nous accompagnait. Tant pis.

---

1. Kootenay : région au sud-est de la province de la Colombie-Britannique, au Canada.

Vous ne perdez rien à attendre, Kid. À mon retour, je vous donnerai votre part. Votre argent sera placé avec le mien, et vous aurez droit en outre à la moitié des terrains de la future cité.

Kid protestait, mais l'autre ne lui laissait pas la parole.
– Je veux m'embarquer dans cette affaire, criait-il. Mais pour la mener à bien il faut deux têtes. Si tout se passe bien, ce sera un nouveau « Cripple Creek », vous m'entendez bien : un nouveau « Cripple Creek ». C'est du quartz, pas du caillou. Bref, en nous y prenant bien, nous allons devenir millionnaires. J'ai déjà entendu parler de cet endroit ; comme vous, j'imagine. Nous allons édifier une ville : des milliers d'ouvriers, de bons canaux, un port et des steamers[1], des installations de commerce, des barges[2] à faible tirant d'eau pour les exploitations les plus éloignées… Je vois déjà un chemin de fer, peut-être des scieries, une centrale électrique. Nous aurons notre banque, notre compagnie, notre syndicat. Quel programme ! Mais n'en parlez à personne jusqu'à mon retour.

Les traîneaux firent halte à l'endroit où la piste croise la Stuart River. Vers l'est s'étendait une mer infinie de glace. Les patins furent détachés des traîneaux et chaussés par ceux qui continuaient la route.

Axel Gunderson serra la main de ses hôtes pour les remercier de leur accueil et partit le premier, ses immenses chaussures palmées tassant la neige. Sa femme

---

1. Steamer : bateau à vapeur.
2. Barge : bateau à fond plat.

prit en charge le troisième traîneau, démontrant une belle habileté à conduire un attelage et à se servir de patins. Les bêtes gémissaient. Ulysse s'adressait à coups de fouet à un chien récalcitrant. De joyeux souhaits furent échangés dans l'air glacé. Une heure plus tard, le convoi n'était plus qu'une mince ligne noire, crayon posé sur l'immense feuille de papier blanc.

Plusieurs semaines s'écoulèrent. Prince avait trouvé un problème d'échecs sur la page déchirée d'une revue et avec Kid s'était lancé dans une partie à n'en plus finir. Malemute revenait de ses concessions du Bonanza[1] et faisait une pause avant de repartir pour la chasse au moose. Prince avait passé la majeure partie de l'hiver sur les pistes et la glace et soupirait après quelques jours de repos douillet dans la cabane.

– Avancez le cavalier ; poussez votre roi. Non, pas comme cela.

– Pourquoi avancer le cavalier de deux cases ? Si je prends au passage en me débarrassant de la tour...

– Mais non, vous vous découvrez trop et...

– Votre roi est en sécurité. Avancez, vous verrez.

Trop pris par cette partie passionnante, les deux amis n'entendirent point qu'on frappait à leur porte. Un deuxième coup fit sursauter Kid qui lança un cordial « Entrez ! ».

La chose qui s'avançait vers eux en chancelant fit bondir Prince, horrifié. Mamelute Kid lui-même, qui en

1. Bonanza : affluent de la rivière du Klondike, au Yukon.

avait vu bien d'autres, ne put retenir un tressaillement. Prince se recula vers le mur et décrocha son fusil.

– Mon Dieu, qu'est-ce que c'est ?

– Je n'en sais trop rien, dit Mamelute Kid. On dirait un homme à moitié gelé et privé de nourriture depuis longtemps. Attention. Il pourrait être enragé, ajouta-t-il en se glissant le long du mur opposé vers la porte qu'il ferma par mesure de précaution.

L'être sans nom s'approcha de la table. Son regard fut attiré par la lueur de la lampe à graisse. Il parut s'en amuser et un rire affreux sortit de son gosier. Soudain, l'homme, car c'était un homme, claqua la main sur son pantalon de peau et se mit à chanter :

« Bateau d'Amérique, descends la rivière
En avant, les gars, en avant.
Vous voulez savoir où va le capitaine ?
En avant les gars, en avant
Jonathan et Jean de la Caroline,
En avant ! »

Cette chanson de cabestan[1] fut brusquement interrompue. L'homme avait aperçu l'étagère à viande et se précipitait vers elle en poussant un hurlement de loup. Avant que les autres aient pu l'en empêcher, il s'était emparé d'un gros morceau de lard cru et y plantait les dents. Malemute l'empoigna et ce fut d'abord une belle lutte entre les deux hommes ; puis ses forces

---

1. Chanson de cabestan : chant de marin.

l'abandonnèrent d'un coup et il lâcha son butin. Aidé par Prince, Malemute hissa le malheureux sur un tabouret; il s'affala sur la table. Un peu de whisky lui rendit assez de vigueur pour pouvoir tremper une cuillère dans le bocal de sucre que Malemute Kid avait placé devant lui sur la table. Son appétit satisfait, il accepta de Prince, toujours impressionné, un bol de bouillon léger.

Des ondes de délire traversaient les yeux du malheureux à chaque gorgée. Son visage n'avait plus grand-chose d'une figure humaine. La gelée l'avait mordu plusieurs fois. La faim avait émacié[1] les traits. De nouvelles plaies chevauchaient les anciennes, à peine guéries. Il était recouvert d'escarres[2]. La peau, rougeâtre, était dure et striée, fendue de crevasses où la chair vive apparaissait. Ses vêtements étaient en loques et tout un côté, à moitié calciné, laissait croire que le pauvre s'était endormi trop près du feu.

Malemute avait remarqué le bout de cuir déchiqueté en petits morceaux, triste preuve de la famine endurée par le voyageur.

– Qui êtes-vous ? demanda-t-il d'une voix forte.

L'homme n'eut aucune réaction.

– D'où venez-vous ?

– Bateau américain, descends le fleuve, fit la voix chevrotante.

– Je suis sûr que le bateau a descendu le fleuve,

---

1. Émacié : amaigri.
2. Escarre : plaie.

reprit Kid en le secouant un peu pour obtenir de lui une réponse intelligible.

Mais l'homme se dégagea aussitôt en portant la main à son côté, où il paraissait beaucoup souffrir. Lentement il se remit sur ses jambes en s'appuyant à la table. La haine se lisait dans ses yeux.

– Elle s'est moquée de moi, dit-il. Elle n'a pas voulu venir.

Sa voix mourut. Il allait s'effondrer. Malemute le retint et s'écria :

– Qui, qui a refusé de venir ?
– Elle, Unga. Elle a ri et puis elle m'a frappé comme ça...
– Alors ?
– Alors quoi ? Il était étendu dans la neige... dans la neige... Il bouge plus. Il doit y être encore.
– Qui est dans la neige ?
– Elle, Unga.

Les deux hommes se regardaient, impuissants à comprendre.

– Unga, elle m'a regardé, méchamment. Elle a pris son couteau comme ça... Une fois... deux fois... Elle m'a frappé. Oh, j'ai marché doucement. C'est plein d'or, là-bas. Plein, beaucoup, beaucoup.

Malemute Kid secoua l'homme sans ménagement. Unga était peut-être à un mille de là, dans la neige, en train de mourir.

– Unga ! Où est Unga ?
– Dans la neige... neige...

Kid accentuait sa pression :

– Continuez !

– Moi aussi, je serai dans la neige. Mais... dette à payer... faut revenir... payer... faut payer...

Les mots sortaient de plus en plus difficilement et devenaient incompréhensibles. Il fouilla dans sa poche et en tira une bourse en daim.

– Dette... payer... promis... Malemute... provisions... Male... mute Kid.

La tête retomba sur la table. Il était à bout de forces.

– C'est Ulysse. Je parie qu'il n'y a plus rien à espérer pour Axel Gunderson et sa femme, conclut Malemute Kid. Allez, Prince, portons ce malheureux sur le lit et couvrons-le chaudement. Il est indien et il en réchappera. Après quoi, nous écouterons son histoire.

En découpant ses loques pour le déshabiller, ils découvrirent deux blessures aux lèvres bien nettes, deux coups de couteau.

« J'vais vous raconter les choses passées à ma manière. Je vais commencer par le début. Et vous allez comprendre : les choses de moi, et la femme et l'homme enfin. »

L'homme aux peaux de loutres avait pris place près du poêle. Comme ceux qui ont souffert du froid, il ne voulait pas en perdre une miette, être bien sûr qu'on n'allait pas lui voler ce don précieux de Prométhée[1]. Malemute Kid releva la mèche de la lampe et la disposa

---

1. Prométhée : dans la mythologie grecque, ce Titan a sauvé les hommes en leur offrant le feu.

de façon qu'il voie bien le visage de son interlocuteur. Prince s'était glissé hors de sa couchette pour se joindre à eux.

« Je suis Nass, chef de tribu et fils de chef. Je suis né entre le coucher du soleil et le lever du jour dans l'oumiak[1] de mon père, sur les mers sombres. Toute la nuit, les hommes luttèrent à l'aviron et les femmes rejetèrent l'eau pour que l'oumiak ne soit pas englouti par la tempête. L'écume salée recouvrit la poitrine de ma mère et elle mourut avant le jour. Mais moi je criais dans la tourmente et je suis vivant. Nous habitions à Akatan. »

– Où ? demanda Kid.

– Akatan, une île de l'archipel des Aléoutiennes, loin après Chignik, après Kardalak et après Unimak. Akatan est au milieu de la mer. C'est au bout du monde. Nous louions la mer salée pour pêcher les poissons et des loutres et des phoques. Nos maisons se touchaient presque sur la terre étroite entre les rochers et le sable où nous tirions nos bateaux. Nous étions peu nombreux. Il y avait d'autres terres vers l'est, des îles comme Akatan. Nous pensions que toute la terre c'était des îles et nous trouvions que c'était très bien comme cela.

« Je n'ressemblais pas aux fils de mon peuple. J'ai un souvenir. Sur la plage, il y avait des épaves et la carcasse d'un bateau que mon peuple n'avait pas construit. J'ai un autre souvenir. À la pointe de l'île, il y avait un pin,

---

1. Oumiak : bateau utilisé par les Inuits (Esquimaux).

droit et beau. Il n'avait pas pu pousser tout seul. On raconte qu'une saison, des hommes blancs comme vous avaient abordé à la pointe de l'île. Ils avaient attendu et veillé jusqu'à la saison où la lumière est morte. Ils étaient faibles comme des petits enfants, ou comme les chasseurs quand ils rentrent les mains vides. Ces Blancs ne nous aimaient pas. Avec l'huile et le poisson ils sont devenus forts et cruels. Ils ont construit deux maisons à la pointe de l'île, une pour chacun. Ils ont pris les plus belles de nos femmes. Et ils ont eu des enfants. C'est ce qu'ont raconté les vieillards, hommes ou femmes de mon peuple. Et c'est ainsi qu'est né le père de mon grand-père.

Je vous ai dit : je ne suis pas comme mon peuple. Dans mes veines il y a du sang fort de cet étranger, le Blanc qui est venu de la mer.

Les vieillards racontent qu'autrefois nos lois n'étaient pas celles d'aujourd'hui. Mais ces hommes qui sont venus étaient querelleurs. Ils se sont battus avec les nôtres tant qu'il y en eut un pour résister. Et ils sont devenus nos chefs. Ils ont fait des lois à eux : l'homme est le fils de son père et non de sa mère ; et le fils aîné a droit à tout ce qui a appartenu à son père et il faut que ses frères et ses sœurs se tirent d'affaire tout seuls. Ils ont fait aussi d'autres lois et ils nous ont appris une manière nouvelle de chasser les ours et de pêcher le poisson. Ils nous ont appris à faire de grandes provisions pour la mauvaise saison. Et ces choses-là étaient bonnes.

Mais quand ils sont devenus les chefs, personne n'osa plus affronter leur colère et ils se sont battus l'un contre l'autre. Un jour, celui qui a donné le jour au père de mon grand-père a transpercé le corps de son ami avec sa lance à phoques. Et les enfants, et les petits-enfants ont pris la colère de leurs ancêtres et une grande haine s'est élevée entre eux. Et il y eut de très vilaines choses des deux côtés. Bientôt il n'y avait plus qu'un enfant dans chaque famille pour transmettre le sang des ancêtres. Moi d'un côté. De l'autre, il y avait une fille, Unga. Elle vivait avec sa mère. Un soir mon père et son père ne sont pas rentrés de la pêche et la marée ramena leurs deux corps sur le sable, l'un contre l'autre.

Les gens se dirent : "Que va-t-il arriver maintenant ?" Et les vieillards branlèrent la tête et dirent : la lutte recommencera quand Unga aura des enfants et moi aussi. On me disait cela toujours. Et lorsque je regardais Unga, je voyais la mère des enfants qui se battraient avec mes enfants. J'y pensais sans cesse et j'interrogeais les hommes de ma tribu. Pourquoi ? Et ils me répondaient : "Nous ne savons pas, mais c'est ainsi que nos pères ont agi." Et je ne comprenais pas pourquoi les enfants de demain devaient se battre pour des choses du passé. Ce n'était pas raisonnable. Mais on me répétait que c'était comme cela et j'étais un adolescent.

Les gens me dirent : "Il faut te dépêcher d'avoir des enfants avant elle." J'aurais pu. J'étais le chef et on me respectait à cause des actions passées et des lois de mes ancêtres et aussi pour ma richesse. Toutes les jeunes filles auraient été fières de coucher avec moi. Mais aucune ne me plaisait. Et les pères et les mères me pressaient parce que beaucoup d'offres étaient faites à la mère d'Unga. Si

Unga avait des enfants avant moi, mes enfants seraient battus par ceux d'Unga. Et je cherchais toujours.

Un soir que je revenais de la pêche, le kayak d'Unga est passé près du mien. Il y avait de la brise et les kayaks volaient à la crête des vagues. Les rayons du soleil couchant me venaient dans les yeux. J'étais ébloui et j'étais un adolescent. Elle me lança un regard en se détournant et j'ai entendu l'appel du sang pour Unga. Nous avons dépassé les oumiaks lents et les gens se sont mis à crier, et j'ai encore une fois entendu l'appel du sang. Unga maniait très bien la rame et moi j'avais le cœur lourd comme une voile grosse de vent. La brise fraîchissait et la mer était recouverte d'écume et se soulevait de vagues comme les phoques qui bondissent, poussés par le vent. Et nous filions comme l'éclair dans la lumière dorée. Mais je ne gagnai pas la course. »

Ramassé sur lui-même, au bord de son tabouret, Nass avait repris l'attitude du rameur. Il refaisait sa course ; quelque part, au-delà du poêle, il voyait Unga, chevelure au vent, dans sa barque légère, il entendait le chant du vent et l'embrun[1] salé excitait sa narine.

« Elle toucha la plage la première et courut en riant jusqu'à la maison de sa mère. Mon esprit fut envahi par une belle pensée, ce soir-là, une pensée comme il en vient à celui qui règne sur le peuple d'Akatan. Quand la lune fut levée, je me dirigeai vers la maison d'Unga. Près de la maison étaient entassées toutes les richesses

---

1. Embrun : gouttelettes d'eau de mer formées par les vagues et transportées par le vent.

de Yash-Noosch, parce qu'il voulait devenir le père des enfants d'Unga. D'autres jeunes gens avaient aussi empilé des richesses. Mais le tas de Yash-Noosch était le plus haut de tous.

J'éclatai de rire à la lune et aux étoiles. Toutes mes richesses étaient emmagasinées chez moi. Je dus faire bien des tours jusqu'au moment où ma pile dépassa la pile de Yash-Noosch. Quarante peaux de veaux marins, une quantité de poissons séchés et fumés, vingt fourrures de phoques marins, et chaque peau, cousue à la bouche, était remplie d'huile. Dix peaux d'ours que j'avais tués de mes mains à la lisière de la forêt. Et des perles de verre, et des couvertures, du drap écarlate, etc. Toutes ces dernières choses je les avais échangées avec des peuplades de l'est. Je regardai la pile de Yash-Noosch et me moquai de lui. Le premier homme dans Akatan, c'était moi. Mes richesses dépassaient ses richesses et mes ancêtres avaient accompli des exploits et fait des lois et ils avaient laissé un nom célèbre dans la mémoire de mon peuple.

Aux premières lueurs du jour, je descendis vers la plage pour jeter un coup d'œil à la maison d'Unga. Personne n'avait touché à ma pile. Les femmes riaient et chuchotaient entre elles. Pourquoi se moquaient-elles ? Il n'y avait jamais eu un prix aussi élevé. La nuit suivante, je plaçai encore un kayak près de mon tas. Au petit matin, il était toujours là. Il y avait de quoi faire de moi la risée des autres hommes. La mère d'Unga était rusée, et moi je sentais la fureur me gagner à la pensée que peut-être la honte allait retomber sur moi et tout mon peuple. Aussi, quand vint la troisième nuit, j'ajoutai encore à ma pile. Elle était pourtant énorme. Mais je hissai à son sommet mon oumiak grand comme vingt kayaks. Au petit matin, tout avait disparu !

Je fis aussitôt mes préparatifs pour le mariage. Des gens qui vivaient très loin d'Akatan vinrent même de l'est pour prendre leur part du repas et de la fête. Certes Unga comptait quatre soleils de plus que moi, puisque chez nous nous comptons les années par le soleil, et je n'étais encore qu'un adolescent. Mais j'étais le chef, chef de tribu et fils de chef, et l'âge ne pouvait rien y changer.

Durant les réjouissances on vit les voiles d'un bateau, au loin sur la mer. Le vent le poussait vers nous et il devenait d'instant en instant plus visible. On pouvait constater qu'il faisait eau, car les hommes travaillaient aux pompes avec acharnement. À la proue[1], un homme gigantesque surveillait la profondeur de l'eau et donnait des ordres d'une voix de tonnerre. Son regard avait la couleur bleue des profondeurs et sa chevelure était longue comme la crinière du lion des mers. Des cheveux blonds comme de la paille du blé du Midi ou comme le caret[2] de manille que tressent les matelots.

Depuis plusieurs années c'était le premier bateau qui abordait chez nous, même si nous avions eu l'occasion d'en voir passer plusieurs au large. La noce fut interrompue. Les femmes et les enfants coururent se mettre à l'abri dans les maisons et les hommes tendaient leurs

1. Proue : avant d'un bateau.
2. Caret : gros fil de chanvre.

arcs ou s'alignaient, la lance à la main. Mais quand le navire s'échoua, l'équipage ne nous prêta aucune attention, trop occupé par sa besogne. La marée leur permit de faire faire demi-tour à leur bateau et de réparer l'énorme trou qui endommageait la coque. Les femmes revinrent parmi nous et la fête reprit de plus belle.

À la marée montante, les hommes halèrent le schooner[1] jusqu'à l'endroit où il flotta librement. Puis ils vinrent se joindre à nous. Ils étaient amicaux et nous firent beaucoup de présents. Aussi, dans ma joie, je leur distribuai à chacun un souvenir, comme à tous les autres invités puisque c'était mon mariage et que j'étais le premier homme d'Akatan. L'homme à crinière de lion était là aussi. Il était si fort et si puissant qu'on s'attendait à voir le sol s'enfoncer sous ses pas. Il regarda Unga, longuement, yeux dans les yeux, et bras croisés, comme cela. Il resta jusqu'au coucher du soleil et descendit à son bateau quand les premières étoiles apparurent. J'ai pris alors Unga par la main et je l'ai conduite dans ma maison. On se mit à chanter et à rire et les femmes firent toutes sortes de plaisanteries qu'elles font dans ces occasions-là.

Les derniers brouhahas ne s'étaient pas encore calmés que le chef des étrangers vint dans ma maison. Il apportait avec lui des flacons de couleur sombre. Nous avons bu et nous étions très gais ; j'étais très jeune alors et je ne connaissais que mon pays du bout du monde. Bientôt du feu courut dans mes veines et mon esprit

---

1. Schooner : bateau de pêche.

volait comme l'embrun, entre la vague et la falaise. Assise dans un coin, Unga ne disait rien mais il y avait de la peur dans ses yeux. L'homme à crinière de lion la regardait toujours. À la fin, ses hommes vinrent eux aussi dans ma maison. Ils entassèrent devant moi des richesses comme on n'en a jamais vu à Akatan : des fusils de toute taille, de la poudre, des capsules, des cartouches, des haches brillantes et des couteaux d'acier, et d'autres instruments compliqués que je ne connaissais pas. Il me fit comprendre que tout cela était pour moi. Et je pensais qu'il était un grand homme pour posséder tant de richesses. Mais il m'indiqua aussi qu'il voulait emmener Unga avec lui ; comprenez-vous ? Unga avec lui, sur son bateau !

Dans mes veines le sang de mes ancêtres a commencé à bouillir. Je voulus transpercer cet homme avec ma lance. Mais l'esprit du flacon avait enlevé la force de mon bras. L'étranger me saisit par la nuque et me cogna le crâne contre le mur. Mes jambes se sont repliées sous moi, comme à un nouveau-né. Unga poussait des cris ; elle s'accrochait à tous les objets de ma maison, tandis qu'il l'entraînait de force vers la porte. Et il la prit dans ses bras. Elle lui arrachait ses cheveux d'or ; mais cela le faisait rire.

Je me traînai vers la plage et appelai mon peuple à la rescousse. Ils avaient peur. Seul Yash-Noosch montra qu'il était un homme ; mais ils l'assommèrent à coups de rame et à la fin il tomba le nez dans le sable et il ne s'est pas relevé. Alors ils mirent à la voile en chantant et leur bateau disparut bientôt, poussé par le vent.

Mon peuple disait que c'était une bonne chose, parce qu'il n'y aurait plus de guerre ni de haine dans Akatan. Moi, je restais muet. À la pleine lune j'ai mis de l'huile et du poisson dans mon kayak et je suis parti vers l'est.

J'ai découvert beaucoup d'îles et beaucoup de populations différentes. Moi qui avais toujours vécu au bout de la terre, j'ai appris que la terre était très vaste. Je la croyais autrefois toute petite au milieu de l'eau. Partout je demandais si on avait vu un schooner commandé par un homme à crinière de lion, mais on ne l'avait pas vu. Je mangeais des choses étranges et je dormais n'importe où. Souvent les hommes se moquaient de moi et me croyaient fou avec cette histoire de schooner. Mais, parfois, les vieillards tenaient mon visage entre leurs mains et le tournaient vers la lumière en me bénissant. Dans les yeux des jeunes femmes je mettais de la douceur quand je leur parlais du vaisseau étranger et qu'elles me posaient des questions sur Unga que des hommes avaient emmenée.

Ainsi, au milieu de beaucoup de tempêtes, je suis arrivé à Unalaska. Deux schooners avaient jeté l'ancre; mais il n'y avait pas celui que je cherchais. Alors j'allai vers l'est et le monde devint encore plus grand. Dans l'île de Unamok, on ne savait rien du bateau, ni à Kadiak, ni à Atognak. Un jour je débarquai sur un gros rocher. Des hommes faisaient de grands trous dans le rocher. Il y avait aussi un schooner, mais ce n'était pas le mien. Les hommes remplissaient les cales avec la terre et les gros morceaux de pierre qu'ils arrachaient au rocher.

Je trouvais leur travail inutile, puisque pour moi tout l'univers était fait en rocher. Ils me firent manger et je travaillai avec eux. Un jour le bateau fut rempli. Le capitaine me donna de l'argent et me dit de partir. Partir où ? Il me fit signe de partir vers le sud. Alors je lui fis comprendre par signes que je voulais rester avec lui. Il rit très fort ; et comme il avait besoin d'hommes pour l'aider à manœuvrer le schooner, il me prit sur le bateau. Bientôt je savais parler comme les hommes du bateau. Je savais aussi hisser la voile, prendre un ris[1] et je tenais ma place au gouvernail comme mes compagnons. Je trouvais cela naturel puisque mes ancêtres étaient des hommes de la mer.

Ce ne serait pas trop difficile, pensais-je, de retrouver celui que je cherchais, le jour où j'arriverais au milieu de gens semblables à lui. Mais quand nous avons retrouvé la terre, nous sommes entrés dans un port où il y avait quantité de schooners, autant que les doigts de mes deux mains. Les navires étaient alignés le long du quai, serrés les uns contre les autres sur plusieurs milles, comme des petits poissons. Je passais d'un bord à l'autre et on me riait au nez quand je demandais si on n'avait pas vu un homme à crinière de lion. Les hommes me répondaient dans beaucoup de langues différentes. Ils venaient de toutes les parties de la terre.

Je suis rentré dans la ville et j'ai regardé la tête des gens. Il y en avait toujours plus, comme la morue en bancs serrés sur le rivage. Cela faisait beaucoup de bruit

---

1. Prendre un ris : réduire la taille de la voile en la repliant partiellement.

et j'avais mal aux oreilles. Et tout bougeait autour de moi, j'avais le vertige.

De la sorte, j'ai été dans des pays égayés par un chaud soleil. Dans les plaines il y avait de riches récoltes. J'ai vu que dans les grandes villes les hommes vivent comme les femmes. Leur ventre est plein; ils mentent souvent et leur cœur n'aime que l'argent. Pendant ce temps, mon peuple d'Akatan continue à pêcher et à être heureux, en croyant que le monde est tout petit.

Je n'avais pas oublié le regard d'Unga quand elle revenait de la pêche. J'étais sûr de la retrouver quand le moment en serait venu. Elle marchait près de moi, le soir, sur les chemins paisibles; je l'emmenais chasser avec moi dans les champs mouillés de rosée et ses yeux me promettaient ce que seuls les yeux de Unga peuvent promettre.

J'ai parcouru ainsi des villes par centaines. Certains habitants étaient bons pour moi et me donnaient de la nourriture; d'autres me maudissaient. Je tenais ma langue serrée entre mes dents. Partout où j'allais je découvrais des choses étranges. Moi, le fils de chef, j'ai souvent travaillé pour des hommes grossiers qui faisaient de l'or avec la peine et la sueur de leurs frères. Ils étaient durs comme le fer et prononçaient des paroles grossières. Mais aucun d'eux ne me dit un mot qui aurait pu m'éclairer sur ceux que je cherchais. Alors je suis revenu vers la mer, comme un phoque à son repaire. J'échouai dans un autre port, plus au nord. Là on me raconta des histoires extraordinaires sur un homme à la longue chevelure d'or qui errait sur la mer et chassait le phoque. Mais il était alors en expédition.

Des Siwashes partaient chasser le phoque, eux aussi. Je m'embarquai avec eux et je suivis la route du nord au moment de la plus grosse activité. Notre expédition fut longue et pénible. Souvent les matelots me parlèrent de l'homme que je poursuivais et de ses exploits. Mais jamais nous ne l'avons rencontré. Nous avons poussé à l'extrême nord jusqu'aux îles Pribilof. Nous avons tué tant de phoques sur les plages que leur graisse enduisait le pont du bateau et que nous ne pouvions plus nous y tenir. Puis un bateau à vapeur nous prit en chasse et nous décocha quelques coups de canon. Alors nous avons mis toutes les voiles, si bien que nous avons échappé à la poursuite, tandis que la mer balayait le pont, grâce à un épais brouillard.

À cette époque on racontait que l'homme à la chevelure d'or s'était arrêté aux Pribilof, tout près des comptoirs de peaux. Une partie de ses hommes avaient tenu les employés en respect le temps de laisser aux autres la possibilité de s'emparer de dix mille peaux fraîches et de les charger sur son bateau. On racontait cela tandis que nous fuyions avec la peur au ventre. Et je crois bien que c'était vrai, parce que les trois nations qui travaillent dans ces parages avaient mis des bateaux à sa poursuite.

On parlait aussi d'Unga, qui ne le quittait jamais. Les capitaines n'avaient qu'elle à la bouche. Elle avait pris les habitudes de son mari et paraissait très heureuse. Mais moi, je savais bien qu'elle soupirait après son peuple et la plage d'or d'Akatan.

Bien longtemps après avoir quitté les îles Pribilof, je suis revenu dans un port qui donne sur l'immense océan.

Là, j'appris que l'homme aux cheveux d'or avait fait le tour de cette grande mer et qu'il était parti chasser le phoque, à l'est des terres chaudes, au sud des mers russes. J'étais devenu un vrai matelot et je décidai de m'embarquer. Dans cette région, il y avait peu de bateaux. Mais les phoques étaient nombreux. Nous sommes tombés sur une bande et nous l'avons pourchassée vers le nord, au début du printemps. Les femelles nous entraînèrent dans les eaux russes et les hommes commencèrent à rouspéter. Les brouillards étaient épais dans ces parages et c'est presque tous les jours que des bâtiments se perdaient avec beaucoup d'hommes à bord. Ils refusèrent de travailler et le capitaine dut rebrousser chemin.

Moi je savais que le capitaine à la chevelure d'or ignorait la peur et pourchasserait la bande de phoques, même jusqu'aux îles russes où peu de marins osent aborder. À la nuit tombée je me suis emparé d'un bateau, profitant du sommeil du gardien, et je me suis dirigé vers le golfe Yeddo, en longeant les longues terres chaudes. Je pensais bien trouver là des gens hardis, qui n'avaient jamais peur. Les filles de Yoshiwara étaient mignonnes, luisantes comme le métal et jolies ; mais je ne pouvais pas m'attarder, alors qu'Unga roulait sur la mer vers le repaire des phoques, loin au nord.

Dans la baie de Yeddo je rencontrai des hommes de toutes les régions de la terre ; sans dieu ni patrie, ils naviguaient sous pavillon japonais. En leur compagnie j'allai jusqu'à l'Île au Cuivre, qui est si riche et où nous pûmes entasser des peaux de phoques en grand nombre. Nous n'avons rencontré personne jusqu'au moment du départ. Un vent soudain déchira alors le brouillard et je pus apercevoir, venant sur nous à toute allure, un schooner que poursuivait au plus près un vaisseau de guerre russe qui crachait des nuages de fumée. Le schooner nous gagnait de vitesse. À la poupe[1] je reconnus l'homme à la crinière de lion. Il riait, fier de sa force et criant des ordres pour faire donner toute la voile. Près de lui, je reconnus aussi Unga. Mais il la fit descendre aux premiers coups de canon du Russe. Il allait vraiment plus vite que nous. Son avant s'enfonçait trois fois à la lame, quand nous-mêmes ne le faisions que deux fois. Je vis son gouvernail soulever des gerbes d'écume à chaque bond. Furieux, j'avais compris sa manœuvre : il voulait nous distancer et échapper au vaisseau russe, trop occupé à nous arraisonner[2]. Je me précipitai en jurant à la barre, tournant le dos aux boulets russes. Notre mât fut abattu au moment où l'autre schooner passait à notre hauteur. Le vent nous faisait dériver comme une mouette blessée. Mais l'autre et Unga continuaient à filer leur route et ils eurent bientôt disparu !

Quelle excuse invoquer ? Les peaux étaient là, toutes fraîches. On nous conduisit dans un port russe. De là nous fûmes expédiés dans une contrée sauvage où l'on nous força à travailler dans les mines de sel. Quelques compagnons moururent ; d'autres réussirent à survivre. »

---

1. Poupe : arrière d'un bateau.
2. Arraisonner : aborder.

Nass laissa tomber la couverture qui protégeait ses épaules.

Sur la chair tordue et couturée, les traces de knout[1] étaient bien visibles. Ce n'était pas un spectacle très plaisant et Prince s'empressa de remonter la couverture.

« Ce fut une période bien pénible, continua Nass. Parfois des forçats réussissaient à s'évader vers le sud, mais on les reprenait toujours. Un jour, nous, les survivants de Yeddo, nous nous sommes soulevés et nous avons pris les armes de nos gardiens. Mais c'est vers le nord que nous nous sommes enfuis. Un pays sans limites, avec des marécages et des forêts interminables. Aux premiers froids, et quand la neige commença à tomber en couches épaisses, nous sommes devenus incapables de trouver notre chemin. Nous avons erré pendant de longs mois, sous des forêts dont nous n'arrivions jamais à sortir. Combien de temps cela a-t-il duré ? Je ne me rappelle plus. La nourriture manquait et plusieurs fois nous nous sommes allongés pour mourir. Enfin nous avons atteint le rivage de la mer, mais nous n'étions plus que trois. L'un d'entre nous avait commandé en tant que capitaine à Yeddo ; il connaissait les grandes terres et savait où l'on pouvait passer de l'une à l'autre par la glace. Il nous a guidés, combien de temps ? Je ne sais, mais ce fut bien long. Puis il est resté seul avec moi.

Dans cette contrée nordique, nous rencontrons cinq hommes. Ils avaient des chiens ; nous, rien du tout.

---

1. Knout : fouet.

Alors nous nous sommes battus avec eux jusqu'à les supprimer tous. Le capitaine est mort aussi. Me voici seul avec les peaux et les chiens. Et me voici parti sur la glace. À un moment elle s'est brisée et j'ai dérivé sur un glaçon jusqu'au moment où une tempête qui soufflait de l'ouest m'a jeté au rivage. Après quoi, j'ai connu la baie de Goldwin. Je suis passé à Pastilik, où j'ai rencontré le prêtre. Puis je suis descendu vers les pays du soleil où j'avais marché au début.

La mer ne nourrissait plus les chasseurs de phoques. Ils rapportaient moins et couraient de gros risques. Presque tous les équipages se dispersèrent et je ne récoltais plus de renseignements auprès des capitaines et des matelots. J'ai tourné le dos à la mer, qui bouge sans arrêt, et me suis enfoncé à l'intérieur des terres, là où les maisons, les arbres et les montagnes sont immobiles et se trouvent toujours à la même place. J'ai fait de longs, très longs voyages.

J'ai appris beaucoup de choses. Je sais même lire et écrire. Unga aussi sans doute. Et j'étais content, parce que le jour où nous nous rencontrerions je ne serais pas... enfin... vous me comprenez.

J'étais comme ces petits poissons qui se laissent porter par le courant sans pouvoir se diriger. Mais j'avais toujours l'oreille au guet et l'œil bien ouvert. Je fréquentais surtout les hommes qui voyagent, sûr qu'ils se souviendraient de ceux que je recherchais, après les avoir rencontrés une seule fois.

Enfin, un homme est descendu des montagnes. Il portait des morceaux d'or pur de la grosseur d'un pois !

Et cet homme les avait vus. Il les avait rencontrés. Il me dit qu'ils étaient riches et qu'ils s'étaient installés à l'endroit même où on tire l'or de la terre.

C'était un pays très sauvage et très éloigné de tout. Je réussis cependant à le découvrir. Il était caché entre les montagnes. Des hommes y travaillaient nuit et jour, dans le noir. Mon heure n'était pas encore venue. En écoutant les conversations, j'appris que l'homme à la chevelure d'or et sa femme étaient partis pour l'Angleterre, afin d'y recruter des hommes pour travailler. Ils voulaient aussi trouver des gens qui mettraient de l'argent et fonderaient avec eux une Compagnie. J'ai vu leur maison. C'était un palais. Je suis rentré une nuit dans les chambres par une fenêtre. J'allais d'une pièce à l'autre et je me disais : "Voilà comment vivent les rois." C'était très beau. Les gens disaient qu'il la traitait comme une reine et ils s'étonnaient parce qu'ils ne savaient pas à quelle race elle appartenait. Un sang étranger coulait dans ses veines et elle était différente des autres femmes d'Akatan. Moi je savais qui elle était. C'était une reine, oui ! Mais moi j'étais un chef. Et j'avais payé pour qu'elle m'appartienne, un prix considérable en fourrures, en peaux, en bateaux et en perles.

À quoi bon parler ? J'étais matelot et je savais où vont les bateaux sur la mer. Je suis parti pour l'Angleterre et pour d'autres pays encore. Les journaux me disaient parfois ce qu'ils avaient fait et où ils étaient. Mais ils allaient plus vite que moi et j'arrivais toujours trop tard. Ils avaient beaucoup d'argent et pouvaient se déplacer vite. Moi j'étais pauvre.

Eux aussi devinrent pauvres à leur tour. Les journaux ont raconté cela. Leur fortune s'est envolée en fumée. On n'entendit plus parler d'eux mais j'étais sûr qu'ils étaient revenus dans le pays où l'on tire l'or de la terre.

Ils n'étaient plus riches et tout le monde les avait oubliés. Je ne savais plus rien. Je recommençai à errer de campement en campement, même très loin dans le nord, au pays de Kootenay. C'est là que j'ai retrouvé leur trace. Ils étaient venus puis ils étaient repartis. Où, à droite, à gauche ? Les gens n'étaient pas d'accord. Quelques-uns affirmaient qu'ils étaient descendus vers le Yukon. J'allai moi aussi à droite et à gauche. J'ai parcouru en tous sens le Kootenay. Mon compagnon était un homme du pays. Il est mort en me laissant ses chiens, au plus fort de la famine. Cet homme avait été lui aussi au Yukon. Il me fit cadeau d'une carte, avant de rendre son dernier soupir. Et il jurait ses grands dieux que sur la carte était indiqué un pays inconnu où il y avait de l'or, de l'or, de l'or… !

Les gens venaient alors en grand nombre dans le nord. Je n'ai pas eu peine à me louer comme conducteur de chiens et convoyeur de courrier. Vous connaissez la suite…

Je les ai retrouvés tous les deux à Dawson. Elle ne m'a pas reconnu. Il y avait si longtemps ! Et j'étais un adolescent. Et depuis sa vie avait été si remplie qu'elle ne pouvait se souvenir de celui qui avait entassé toutes ses richesses pour l'obtenir.

Quoi encore ? Vous m'avez racheté du service. Je

suis retourné à Dawson pour manigancer mon affaire. Je n'étais plus si pressé. J'avais mon homme sous la main. Comme j'vous l'ai dit, j'avais mon idée. Tout ce que j'avais enduré, le froid et la faim et les marches dans la forêt qui n'en finissait plus, tout cela repassait dans ma tête. Comme vous l'savez, je les ai conduits dans l'est. Dans l'est où des tas de gens sont allés et n'en sont point revenus. Et leurs os sont à côté de l'or qu'ils ne peuvent plus posséder.

Le chemin était long et il a fallu le tracer. Nous avions trop de chiens et ils dévoraient. Nos traîneaux ne pouvaient pas tenir jusqu'au printemps ; nous devions revenir avant le dégel. De temps à autre nous déposions un peu de vivres dans des cachettes. Ainsi on allégeait les traîneaux et on se prémunissait pour le retour, en cas de famine. Première cachette à Mac Question où nous avons vu trois hommes. Deuxième cachette près d'un campement de chasse de Pellys au nombre d'une demi-douzaine. Après, plus rien. Le fleuve figé, la forêt ; le grand silence blanc. La route était longue et pénible. On ne faisait parfois pas plus de huit ou dix milles par jour et le soir on s'endormait comme des bûches. Ils ne se sont jamais doutés que j'étais Nass, chef d'Akatan et redresseur de torts.

Nos caches étaient de plus en plus petites. Au cours de la nuit, je n'avais aucune peine à revenir en arrière sur la piste et à changer la cachette de place. Je pourrais toujours dire plus tard que des pilleurs l'avaient vidée.

À certains endroits le lit du fleuve était perturbé par

des cascades qui rongeaient la glace par en dessous et la rendaient friable. C'est sans doute pour cette raison que je perdis mon traîneau. Il percuta la glace et disparut avec les chiens et les vivres. Unga et Axel regardèrent cet incident comme un mauvais présage mais ne se montrèrent pas découragés pour autant. Lui était toujours aussi énergique. Il partit d'un bel éclat de rire et décida de rationner les chiens. Puis il fit dételer progressivement les bêtes fatiguées qui servirent de boucherie aux autres. "On ira plus vite au retour, disait-il. Les traîneaux seront plus légers." Il ne croyait pas si bien dire. Bientôt les provisions furent réduites à presque rien. Le dernier chien mourut le soir de notre arrivée au pays où l'or s'est trouvé mélangé aux ossements et aux désespoirs des hommes.

La carte ne nous avait pas menti pour atteindre la caverne aux trésors, nous avons dû tailler des marches dans la glace le long d'une paroi à pic. Derrière se trouvait une vallée. Mais pour l'heure, on ne voyait pas de vallée, seulement une plaine immense ensevelie sous une épaisse couche de neige. De place en place des à-pics semblaient rejoindre les étoiles. De temps à autre la fausse plaine était coupée de profondes crevasses.

Si nous n'avions pas eu notre expérience de la mer, ces gouffres vertigineux nous auraient paralysés d'effroi. Sur la lèvre de la crevasse nous cherchions le moyen pour descendre au fond. "On dirait une bouche de l'enfer, dit-il, mais il faut descendre." Et on descendit.

Tout au fond du trou, nous avons découvert une cabane. Elle avait sans doute été bâtie par un homme qui avait jeté du haut les madriers[1] nécessaires. Cette bâtisse était très vieille. Beaucoup de gens s'y étaient succédé, y avaient vécu et y étaient morts. Sur des écorces de bouleau ils avaient écrit leurs derniers messages et leurs imprécations. L'un était mort du scorbut. Un autre s'était fait voler sa poudre et ses vivres par un compagnon ; un ours avait attaqué le troisième ; un quatrième était mort de faim après avoir cherché un gibier introuvable. Beaucoup n'avaient pu se décider à quitter cet or fabuleux et étaient morts tout à côté. Cet or inutile recouvrait le sol de la cabane d'une couche fabuleuse et irréelle.

L'homme que j'avais mené jusque-là gardait les idées claires : "Nous n'avons rien à manger. Bon ! Nous allons donc jeter un premier coup d'œil sur ce trésor, l'évaluer rapidement et partir bien vite avant d'être éblouis et de perdre notre bon sens. Nous pourrons revenir plus tard, avec des moyens et des provisions plus importants." On procéda alors à l'examen du grand filon qui coupait la paroi de l'abîme. Il fut mesuré. Puis on borna notre propriété et les arbres furent marqués au feu en gage de notre droit.

Ensuite, les jambes en coton et le cœur au bord des lèvres[2], nous avons réussi à regrimper la paroi raide et à reprendre le chemin du retour.

Jusqu'à la dernière étape, Unga marcha entre nous deux. Nous devions la tirer et elle nous faisait souvent

---

1. Madrier : poutre.
2. Le cœur au bord des lèvres : sur le point de vomir.

tomber. Enfin nous arrivâmes à l'emplacement de la première cachette. Vide ! Mon stratagème était bien mis au point. Il crut que les pilleurs avaient été poussés par la faim. Il éclata en malédictions. Unga était courageuse. Elle lui sourit, et plaça sa main dans la mienne. Je dus me retourner pour cacher mon trouble. "Nous nous reposerons près du feu jusqu'à demain, dit-elle, et nous referons nos forces en mangeant le cuir de nos mocassins." Nous avons donc découpé des lanières minces dans le haut de nos mocassins et les avons fait bouillir, la moitié de la nuit, de façon à pouvoir les mâcher et les avaler. Au matin on discuta de la suite du voyage. La cachette suivante était à cinq jours de marche. Il était impossible de faire ce trajet sans manger : nous devions à tout prix trouver du gibier.

– Allons chasser, dit-il.

– D'accord, que je lui réponds. Allons chasser.

Il ordonna à Unga de rester près du feu pour se reposer. Et nous voilà partis, lui sur la trace d'un moose, moi vers ma cachette. Je pris garde de trop m'empiffrer pour ne pas éveiller les soupçons.

En revenant le soir au campement, il tomba plusieurs fois. Je jouai la comédie de la faiblesse, trébuchant à chaque pas. Et nous avons encore retaillé dans nos mocassins pour nous nourrir.

Vrai, c'était un grand bonhomme. Il garda son énergie jusqu'à la dernière minute. Jamais une plainte, sauf en ce qui concerne Unga. Le second jour je m'attachai à ses pas ; je voulais être présent pour la fin. Plusieurs fois il s'allongea pour se reposer. Au cours de la nuit qui suivit je crus qu'il allait passer. Mais le matin il se remit sur ses pieds en jurant. Il ressemblait à un ivrogne, et je m'attendais à le voir s'effondrer. Mais il avait une âme de géant et il se força à rester debout tout au long d'une très dure journée. Il réussit à tuer deux ptarmigans. Il refusa de les manger. Il n'avait pourtant pas besoin de faire cuire ces deux petits oiseaux. Non ! je crois qu'il les gardait pour Unga. Il rejoignit le campement en se traînant dans la neige sur les mains et les genoux.

Je m'approchai de lui et lut la mort dans son regard. Un ptarmigan pouvait encore le sauver. Il porta l'oiseau à sa bouche, comme un chien. Il marchait à côté de moi, un peu étonné de ma résistance. À ce moment mon cœur s'adoucit et j'eus de la pitié pour ce grand homme. Mais je me rappelai tout ce que j'avais souffert, en Russie et ailleurs… Et maintenant Unga était de nouveau à moi. J'avais payé pour l'avoir un bon prix de fourrures, de bateaux et de perles.

Nous allions ainsi à travers la forêt blanche. Le silence était aussi épais qu'une brume de mer. Les fantômes nous faisaient escorte. Je revoyais les kayaks qui faisaient la course au retour de la pêche, et les maisons en bordure des bois. Ils étaient là mes ancêtres, qui s'étaient faits à force de courage et qui étaient devenus des chefs. Leur sang coulait dans mes veines et j'avais voulu unir ce sang à celui d'Unga. Yash-Noosch marchait à mes côtés, les cheveux salis de sable et tenant dans ses mains sa lance brisée. Le temps pour moi était venu, je le sentais. Et je voyais à nouveau la promesse dans les yeux d'Unga.

Bientôt la fumée du campement vola jusqu'à nos narines. Je me penchai vers lui et lui arrachai le ptarmigan d'entre les dents. Il me regarda sans comprendre. Sa main cherchait à atteindre le couteau à son côté. Mais je le lui arrachai et le regardai de très près en souriant. Il ne comprenait pas encore.

Alors je mimai avec force gestes ce que j'avais fait jadis : empiler des richesses et des peaux ; et je lui rappelai par des gestes ce qui s'était passé la nuit de mon mariage : les bouteilles qu'on avait vidées et le rapt d'Unga. Il avait compris, mais il ne souffla mot. Ses lèvres et son visage exprimaient la colère et le mépris. Il se traînait sur la neige, retrouvant un reste de force dans ce qu'il venait de découvrir. Déjà Unga était là, près du feu. Il remua les lèvres mais aucun son ne s'en échappa. Il me montra du doigt à Unga. Puis il resta immobile dans la neige. Il doit y être encore.

Sans dire un mot, je fis cuire le ptarmigan. Alors seulement je retrouvai les mots de notre ancienne langue pour lui parler. Elle se redressa, ouvrit des yeux ronds et me demanda où j'avais bien pu apprendre…

– Je suis Nass.

– Vous ! Vous ! Et elle se rapprocha de moi pour mieux voir.

– Oui, moi. Le chef d'Akatan, le dernier de la race, comme vous.

Elle éclata de rire. Je jure que jamais plus je ne veux entendre un rire comme celui-là. Il me glaçait l'âme. J'étais assis auprès de cet homme mort et de la femme qui riait.

— Venez, lui dis-je, car je croyais qu'elle perdait l'esprit. Mangez un peu et nous allons partir. Akatan est loin d'ici.

Elle cacha son visage dans la chevelure de son mari et recommença à rire si fort qu'on aurait dit que le ciel allait s'écrouler. J'avais bien prévu qu'elle serait heureuse de me revoir, mais pas à ce point !

— Venez, la route est longue. Il faut nous dépêcher.
Et je lui saisis fortement la main.
— Où donc ? demanda-t-elle.
— À Akatan.

Je guettais un éclair de joie sur son visage. Mais elle se montra comme lui, pleine de mépris et d'amertume.

— Oui, dit-elle. Allons à Akatan, main dans la main. Nous y dormirons dans la saleté des huttes et nous avalerons des poissons et de l'huile. Et nous ferons un rejeton[1]. Nous en serons très fiers ; et heureux, très heureux. Allons, c'est très bien. Vite à Akatan !

Je restai sans voix, ne comprenant plus cette femme bizarre. La nuit où il l'avait entraînée loin de moi, elle hurlait et se débattait et lui arrachait les cheveux. Maintenant elle jouait avec ses cheveux. J'avais payé pour elle et je me rappelais toutes ces longues années d'attente. Je la saisis avec force et voulus l'emmener comme il l'avait fait le fameux soir. Elle se défendit comme une chatte à qui on retire ses petits.

Le feu brûlait encore entre nous et l'homme. Je la laissai. Elle s'assit et voulut bien m'écouter. Je lui parlai

---

1. Rejeton : enfant (familier).

des longues années de recherche sur les mers et dans tous les pays ; mes fatigues, la famine et la misère et aussi la promesse qu'elle m'avait faite autrefois.

Je ne lui épargnai aucun détail de ce que j'avais fait les derniers jours, ni de ce qui s'était passé ce jour même entre moi et cet homme. En parlant je voyais revenir dans les yeux d'Unga la pitié, la tendresse, les sentiments de la femme. Unga était là à nouveau. Unga me revenait, belle et joyeuse comme lorsqu'elle courait autrefois sur la plage. Son cœur me faisait signe. Elle ouvrit ses bras. Je me précipitai. Alors un éclair de haine brilla dans ses yeux noirs. Sa main chercha mon flanc et elle me frappa deux fois avec son couteau.

– Tu es un chien, dit-elle en jetant son arme dans la neige. Pourceau !

Et son grand rire résonnait toujours tandis qu'elle retournait vers son mort.

J'vous disais qu'elle m'avait donné un premier coup de couteau, et encore un autre. Mais elle n'avait plus beaucoup de force ; et il était écrit que ce n'était pas encore mon tour de mourir.

J'aurais voulu m'allonger dans la neige et m'endormir pour de bon auprès de ces deux êtres qui s'étaient mis en travers de mon chemin. Mais il y avait ma dette. J'avais encore un long chemin à parcourir. Le froid était très vif et la nourriture plutôt rare. Les Pellys avaient vidé ma cachette. Les trois hommes avaient fait de même. Cela n'a pas empêché que je les ai trouvés morts tous les trois dans leur cabane. Après, je ne me souviens plus de rien. Jusqu'au moment où j'ai trouvé du feu, beaucoup de feu… et de quoi manger. »

En prononçant ces mots, Nass se serrait tout près du poêle. Un silence lourd s'établit pendant lequel il n'y eut de vivant dans la cabane que les ombres fantastiques projetées par la lueur vacillante de la lampe.
– Et Unga ? demanda Prince.
– Unga ! Elle refusa de toucher à l'oiseau. Elle entoura le visage de son mari de ses bras et cacha sa tête dans sa chevelure d'or. J'ai attisé le feu de son côté, mais elle se retira de l'autre côté. Alors j'ai allumé un autre feu. Elle n'a pas voulu manger. Ils doivent être encore étendus dans la neige.

Malemute Kid prit la parole :
– Et vous maintenant, que comptez-vous faire ?
– Si je savais ! Akatan est petit et je n'ai guère envie d'y retourner. À quoi sert de vivre ? Si j'allais à Constantine, ils me mettraient les fers aux pieds et aux mains. Un matin, on m'attacherait une corde au cou et je dormirais d'un bon sommeil…
– Mais, dit Prince, nous sommes devant un meurtre véritable.
– Chut, répliqua Malemute Kid. Ceci dépasse notre justice. Qui a tort ? Qui a raison ? Ce n'est pas à nous de juger.

Nass se blottit encore plus près du feu. Un lourd silence envahit la cabane et des scènes étranges passèrent et repassèrent dans les yeux des trois hommes.

Carnet
de lecture

Qui êtes-vous, Jack London ?

John Griffith naît à San Francisco aux États-Unis, en 1876. Il ne connaîtra jamais son père, un astrologue. Ses parents, un peu bohèmes, se sont séparés avant sa naissance. Sa mère, Flora Wellman, gagne sa vie misérablement en donnant des leçons de piano et en organisant des séances de spiritisme. Seule, elle élève son bébé lorsqu'elle rencontre John London. Ce veuf, père de deux filles, épouse la jeune femme et reconnaît le nourrisson comme son fils en lui donnant son nom. L'enfant que l'on a surnommé Jack est confié à une nourrice, une ancienne esclave, qui lui apportera tendresse et affection.

Une enfance misérable

Les premières années de Jack sont marquées par la santé très fragile de sa mère et la pauvreté de son père adoptif. La famille déménage très souvent. Pour aider ses parents, il exerce de petits métiers. Il vend des journaux, balaie dans des boutiques ou ramasse des quilles dans les bowlings. Il consacre son temps libre à fréquenter la bibliothèque municipale d'Oakland, où la famille a vécu un certain temps, et ses loisirs du dimanche à pêcher avec son beau-père. Avec ses premières économies, il s'achète une barque. Dans le port de San Francisco, en compagnie de petits malfaiteurs, il n'hésite pas à piller les parcs à huîtres pour gagner sa vie.

Les débuts d'un écrivain aventurier

Un soir, l'incendie de son bateau bouleverse sa vie. Contraint de trouver d'autres sources de revenus, l'adolescent de quinze ans est engagé par la « patrouille de pêche de Californie ». À son tour de surveiller les bancs d'huîtres en arrêtant les pilleurs. Deux ans plus tard, le voilà embarqué pour une chasse aux phoques dans les mers du Japon et de Sibérie. Les souvenirs de rencontres incroyables au cours de ce voyage nourrissent son imagination. Encouragé par sa mère, Jack London participe à un concours littéraire destiné à de jeunes écrivains de moins de vingt-deux ans. Il remporte le premier prix et voit sa nouvelle publiée dans un journal. Pourtant, sa vie d'errance se poursuit. Il est même arrêté et jeté en prison pour vagabondage.

À sa sortie de prison, sa passion des livres le pousse à reprendre des études secondaires au lycée d'Oakland. Déterminé, il accepte de nettoyer l'école pour payer sa scolarité. En quelques mois il réussit à intégrer l'université. Parallèlement, il s'inscrit au Parti socialiste travailliste d'Amérique du Nord ; cet engagement politique sera toujours le sien.

Mais l'aventure l'appelle de nouveau. En 1897, il quitte l'université pour participer à la ruée vers l'or du Klondike, dans le Grand Nord canadien. Le voyage est périlleux, les conditions sont extrêmes. Après un hiver à Dawson City, mal nourri, atteint du scorbut, il est rapatrié. Comme de nombreux prospecteurs, il n'a que quelques dollars en poche mais il rapporte maints récits de chercheurs d'or et de chasseurs entendus dans les bars. Il s'en s'inspire pour écrire son premier recueil de nouvelles, *Le Fils du Loup*, qui paraîtra en 1900.

Un travailleur infatigable

Même si ses premiers textes sont bien accueillis, sa situation matérielle reste préoccupante. Tout en travaillant pour gagner sa vie, le jeune homme s'oblige à écrire mille mots par jour, six jours sur sept, habitude qu'il gardera jusqu'à la fin de ses jours. Pour lui, la littérature doit devenir un moyen de s'extraire de la misère. Il se marie à l'âge de vingt-quatre ans avec une jeune fille, Elizabeth May Maddern (« Bessie »), qui deviendra la mère de ses deux enfants. Il publie régulièrement dans différents journaux et magazines. Un recueil de contes, *Les Enfants du froid* (1902), dans lequel Jack London donne la parole aux Indiens, retient enfin l'attention d'un grand éditeur new-yorkais.

Enfin célèbre !

Devenu reporter, il quitte l'Amérique pour l'Afrique du Sud. Mais sa mission annulée, il s'arrête à Londres où il vit, déguisé, plusieurs mois dans les bas-fonds. Cette expérience sera relatée dans *Le Peuple de l'abîme* (1903). De retour en Californie, le succès de *L'Appel de la forêt*, en 1903, lui permet de s'acheter un bateau, à bord duquel il écrira, la même année, *Le Loup des mers*.

L'année suivante, il est correspondant de guerre en Corée. Rentré en Amérique, il s'achète un ranch au nord de San Francisco, puis coup sur coup publie deux grands succès, *Croc-Blanc* (1905) et *Le Talon de fer* (1907).

Séparé de sa première épouse, il se remarie avec Charmian Kittredge. À bord du *Snark*, le bateau qu'il s'est fait construire, le couple entame un tour du monde. Au cours de ce voyage, l'auteur écrit *Martin Eden* (1909), œuvre très autobiographique. Il rapporte des chroniques et des documentaires sur les peuples qu'il découvre. Devenu célèbre, il continue de rêver d'un monde plus juste.

Semblable à un météore

Le tour du monde s'achève en Australie en 1912, lorsque l'écrivain, très malade, doit rentrer aux États-Unis. Là, il tente de construire une maison idéale, *La Maison du loup*, qui est ravagée par un incendie la veille de son inauguration. Les quatre années suivantes sont rythmées par de nouveaux voyages, des reportages et divers écrits.

En 1916, rongé par l'alcoolisme et la maladie, Jack London, reconnu dans le monde entier, meurt à l'âge de quarante ans, dans son ranch au cœur de la vallée de Sonoma en Californie. Sur sa tombe sont gravés les mots suivants : « J'aime mieux être un météore superbe plutôt qu'une planète endormie. »

La ruée vers l'or du Klondike

En 1897, lorsque deux navires chargés d'or accostent dans les ports de San Francisco et de Seattle, l'espoir renaît dans une Amérique frappée par la crise économique. La découverte de nouvelles mines dans le Yukon, au nord-ouest du Canada, va provoquer la troisième ruée vers l'or du XIXe siècle. Des milliers de personnes quittent maisons et emplois pour échapper à la crise et, qui sait, devenir riches.

Le ruisseau du «pactole»
Depuis déjà deux décennies, quelques chercheurs d'or fouillaient rivières et ruisseaux de la région. En 1896, un certain George Carmack, marié à une squaw, aperçoit, au fond d'un ruisseau, des métaux qui brillent. Très vite, l'homme comprend qu'il vient de découvrir de nouveaux dépôts du précieux minerai. Dès le mois d'août, il s'empresse d'enregistrer les premières concessions autour de ce petit cours d'eau devenu célèbre depuis, dans le monde entier, sous le nom de Bonanza Creek, «ruisseau du pactole». Mineurs et spéculateurs se précipitent pour explorer tous les confluents du Yukon. Certains deviennent propriétaires de terrains qu'ils exploitent ou qu'ils revendent plus cher. L'information de cette découverte parvient une année plus

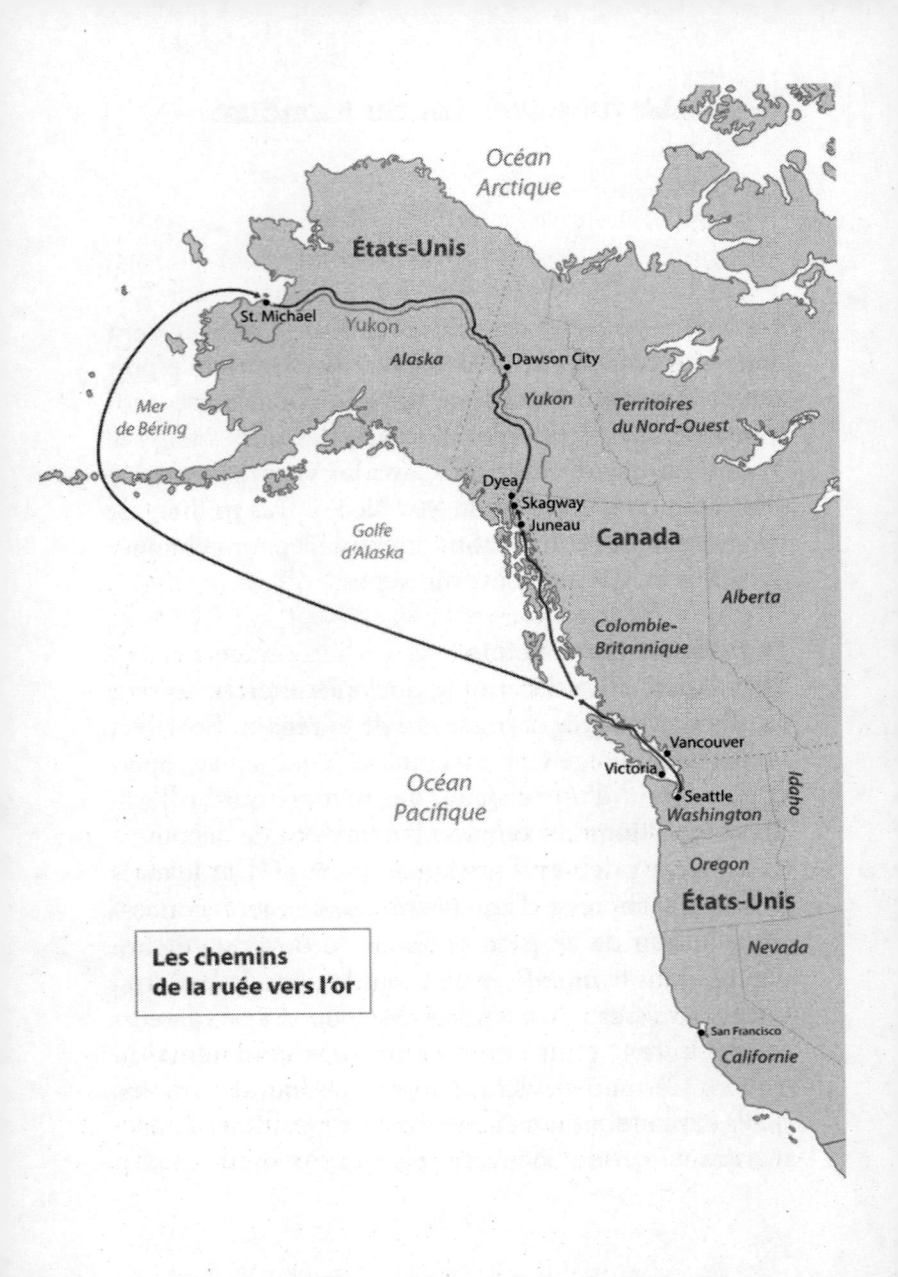

Les chemins de la ruée vers l'or

tard aux États-Unis, provoquant le départ de milliers d'individus.

Les routes de la ruée vers l'or
Les chercheurs d'or s'embarquent pour un long voyage semé d'embûches, dans l'espoir de faire fortune. Les plus riches vont suivre la seule route maritime qui longe les côtes de l'océan Pacifique. À bord d'embarcations surchargées et souvent inadaptées pour ce genre de voyage, ils rejoignent le port de St. Michael. Ils s'engagent alors sur le fleuve Yukon en direction de Dawson City, petite ville installée au confluent du fleuve Yukon et de la rivière Klondike. Les premiers gels rendent cet itinéraire impraticable. La grande majorité des voyageurs débarque plus au sud, dans les ports de Skagway ou de Dyea. Là, ils entament à pied un long périple à travers les montagnes, franchissant des cols et dévalant des rapides dangereux. Mais rien n'arrête ces foules qui se ruent vers l'or !

Des conditions de voyage inhumaines
Sur les cent mille prospecteurs qui se présentent aux portes du Yukon à la fin de l'été 1897, seuls quarante mille atteignent le but de leur voyage. Les autorités canadiennes contrôlent le passage des cols. Chaque nouvel arrivant doit transporter avec lui des équipements et des provisions pour une année, ce qui représente une charge d'une tonne pour chaque individu. Les ports ne sont pas équipés pour accueillir ces foules. Les caisses sont balancées par-dessus bord à marée

basse, obligeant chacun à récupérer ses biens avant la prochaine marée. Chevaux et mules capables de transporter de lourds fardeaux participent au voyage. Pour hisser tous leurs chargements au sommet des montagnes, les hommes sont parfois obligés d'accomplir trente à quarante ascensions, ce qui représente quatre mille kilomètres parcourus à pied. Nombreux sont ceux qui perdent leurs provisions. Certains, à bout de forces, abandonnent; d'autres y laissent leur vie.

Les survivants ne sont pas au bout de leurs peines : il leur reste encore quelque huit cents kilomètres. Des embarcations de fortune sont construites à la hâte pour traverser des cours d'eau sinueux et étroits. Les chercheurs d'or luttent pour leur survie quotidienne. Une fois installés, ils doivent encore monter les tentes, construire des cabanes ou des maisons en bois avant d'être surpris par l'arrivée de l'hiver.

Les habitants du Yukon

Avant la ruée vers l'or, seuls quelques milliers d'individus peuplent le Yukon. Ces populations autochtones, souvent semi-nomades, habitent des campements et des villages dispersés à travers la région. Ils vivent principalement de chasse et de pêche, et entretiennent des relations de commerce avec les étrangers, explorateurs ou commerçants blancs.

Les Chilkats, par exemple, installés sur les côtes, défendent l'accès aux terres. Ils fournissent aux autres peuples du Yukon ou de l'Alaska des algues marines comestibles et de la graisse de poisson utilisée pour la conservation des aliments. Grâce au commerce des fourrures avec les Européens, ils s'enrichissent. Ils vendent également à leurs voisins des objets achetés aux voyageurs tels que des fusils, des haches, des bouilloires, des couteaux, des pièges, du café, du pain et du tabac.

Au sommet des montagnes vivent les Chilkoots. À partir des années 1880, ces hommes forts qui surveillent les cols sont employés par les chercheurs d'or comme guides ou comme porteurs.

Toutes ces populations subissent de plein fouet la ruée vers l'or. Les perspectives d'améliorer leurs conditions de vie transforment leurs traditions. Attirés par l'argent qu'elles peuvent gagner, elles se laissent imposer la langue, les coutumes, la religion et les lois des étrangers. Elles ne résistent ni à l'alcool ni aux maladies. Certains hommes blancs se marient avec leurs femmes, contribuant ainsi à l'extinction progressive de ces tribus.

Même si la convoitise de certains colons détruit les cultures amérindiennes, cette ruée vers l'or permet à toute une région de se développer durant ces quelques années. Les voies d'accès sont rendues plus praticables. D'autres pistes sont ouvertes. Une voie ferrée est créée à partir de l'été 1898. Pourtant, l'annonce de la découverte de nouvelles mines d'or dans d'autres régions du Canada et de l'Alaska sonne la fin de l'aventure. Une ville comme Dawson City, dont la population est passée de cinq mille à trente mille habitants, retombe à nouveau dans l'oubli. Aujourd'hui, la région du Yukon, devenue un centre d'attraction touristique, immortalise cet événement au mois d'août, le jour du Discovery Day.

La ruée vers l'or : une source d'inspiration artistique

Désireux de raconter le destin exceptionnel d'aventuriers prêts à tout pour aller au bout du « rêve américain », de nombreux artistes ont évoqué la soif de l'or à l'origine de ces quêtes insensées.

Dans le roman
La ruée vers l'or est au centre des œuvres de Jack London et de l'écrivain franco-suisse Blaise Cendrars (1887-1961). Le premier puise dans son expérience personnelle la matière d'un univers de fiction ; Cendrars, lui, s'inspire de la vie de personnes que l'histoire aurait pu oublier.

L'hostilité et les pièges du territoire du Yukon que London connaît bien constituent le cadre des aventures de Buck, le héros du roman *L'Appel de la forêt* (1903). Vendu comme chien de traîneau, l'animal doit trouver la force de survivre et de s'imposer dans la meute. Après avoir été vendu plusieurs fois, il finit par venger la mort de son dernier maître, assassiné par une tribu d'Indiens, avant de rejoindre la meute de loups dont il devient le chef.

Quelques années plus tard, dans son premier roman, *L'Or* (1925), Blaise Cendrars évoque les aventures du général Johann August Suter. Cet aventurier suisse, émigré aux États-Unis, voit son empire bâti en quelques années ruiné par la découverte sur ses terres de gisements du précieux minerai. Au-delà de l'intérêt biographique, c'est le destin tragique d'un pionnier détruit par la fièvre de l'or qui fascine le lecteur.

Au cinéma

Charlie Chaplin, dans *La Ruée vers l'or*, film de 1925, raconte l'histoire d'un chercheur d'or misérable, Charlot. Pris dans une tempête de neige, l'homme à bout de forces cherche un refuge. Halluciné par la faim, il croit voir en son compagnon un poulet. Dès les premiers plans du film, le spectateur est invité à rire ou à pleurer sur le sort de ces hommes, aussi misérables les uns que les autres, qui font bouillir le cuir de leurs chaussures pour pouvoir les manger. Les situations sont dramatiques, voire tragiques. Le rêve de richesse devient vite cauchemar. L'art de Charlie Chaplin consiste à introduire de l'humour et de la dérision pour critiquer la convoitise et la cupidité des hommes. La cruauté, l'hostilité de la nature et des hommes côtoient la solidarité humaine et le hasard du destin. Rendus fous par la faim et le froid, ils sont capables de violence, mais l'héroïsme de ces êtres fragiles nous attendrit aussi.

Ayant fini par faire fortune, Charlot retrouve la femme aimée avec qui il peut poursuivre le voyage retour vers le sud. Le pouvoir du rêve, de l'illusion permet de mettre en valeur l'instinct de survie de ces miséreux.

Cette ruée vers l'or fascine encore de nos jours certains réalisateurs. C'est le cas du cinéaste Ridley Scott pour la série qu'il a produite en 2004, *Klondike* (réalisée par Simon Cellan Jones). Les aventures de deux amis d'enfance sont au cœur de cette adaptation du roman de Charlotte Gray, auteure britannique contemporaine. Ici, la vérité de l'histoire sert la fiction en soulignant à quel point la froide réalité efface peu à peu les illusions des deux aventuriers.

Dans la bande dessinée

L'Empereur du Klondike est le titre original du huitième épisode de la série « La Jeunesse de Picsou ». L'auteur, Keno Do Rosa, imagine la jeunesse du célèbre avare milliardaire en l'ancrant dans la réalité historique. Venu d'Australie, Balthazar Picsou cherche fortune dans le Grand Nord. Il s'installe à Dawson City, ville de plaisirs et de débauche, où il finira par découvrir une pépite d'or. Dans cet épisode, la Gendarmerie royale du Canada est ridiculisée tandis que la ville, contrairement à la réalité, paraît gangrenée par la criminalité.

Dans la cent quatrième histoire de Lucky Luke, *Le Klondike*, publiée en 1996, l'homme qui tire plus vite que son ombre accompagne un certain Badminton à la recherche de son majordome disparu sur un lieu de prospection. L'ouvrage mêle habilement fiction et faits historiques, comme la présence du célèbre gangster Soapy Smith. À noter que Jack London apparaît dès les premières pages de l'album, provoquant cette remarque humoristique de Jolly Jumper, le cheval de Lucky Luke : « J'ai lu un roman stupide avec un chien aux dents blanches… »

Une épopée du Grand Nord

Les premières œuvres de Jack London offrent au lecteur le récit des exploits d'aventuriers engagés dans un long périple semé d'embûches. Plongés au cœur d'un environnement hostile, ils risquent leur vie pour surmonter avec courage et détermination les épreuves, dans l'espoir de vaincre leurs conditions misérables.

Des héros ordinaires
Peu importe les êtres réels dont l'auteur s'est inspiré pour imaginer les personnages de Louis Savoy, du père Roubeau, de Scruff Mackenzie, de Zarinska, de Grace Bentham, de Malemute Kid ou de Nass… Leur combat pour survivre dans un milieu impitoyable les transforme en surhommes. Mais ils restent des êtres fragiles face à la puissance de la nature.

Les Indiens, eux, décrits comme des êtres intéressés, sont victimes de l'envahisseur blanc, celui qu'ils nomment « le Fils du Loup », irrespectueux de leurs traditions et de leurs coutumes. Cependant, certains revêtent l'étoffe de héros : Nass, par exemple, capable de parcourir le monde pour se venger d'un affront. Homme d'honneur, ce fils de chef de tribu se distingue par son courage extraordinaire lorsque, blessé, épuisé, il revient payer sa dette.

Les femmes également mènent un combat pour exister. Soumises aux hommes de la tribu auxquels elles doivent obéissance ou aux étrangers qui les épousent pour en faire des esclaves, elles luttent pour leur liberté avec force et détermination. Le désespoir et la violence d'Unga, enlevée le jour de son mariage, font d'elle une héroïne. L'intensité des sentiments de cette femme, qui « avait pris les habitudes de son mari et paraissait très heureuse », fascine le lecteur.

Liberté, amour, jalousie et sens de l'honneur caractérisent tous ces personnages somme toute ordinaires, aux prises avec les puissances surnaturelles de cette région aussi blanche que glacée. Au péril de leur vie, ils affrontent de terribles épreuves comme une fatalité à laquelle ils tentent d'échapper.

Une odyssée

Nouvelle après nouvelle, les personnages deviennent les acteurs d'une véritable tragédie humaine. L'auteur semble parfois les considérer comme de dignes héritiers des héros grecs auxquels il ne manque pas de rendre hommage. L'évocation de la Toison d'or ou d'Ulysse inscrit ce périple dans la tradition des grandes épopées littéraires. Le froid, la faim et la neige nourrissent la violence. La mort rôde à travers ces terres glacées tour à tour belles, dangereuses et inhospitalières. Les températures entre -40 °C et -60 °C influencent les comportements humains : on ne peut pas fermer sa porte au risque de laisser l'autre mourir dehors. L'alcool réchauffe mais provoque aussi des disputes mortelles.

La folie guette ces êtres solitaires... L'être humain n'éprouve aucune pitié pour l'animal, son compagnon de misère, ni pour ses semblables. La domination de l'homme devenu un loup pour l'homme est arrogante. La survie est à ce prix.

L'art du conteur

Certes, Jack London se sert de ses souvenirs de chercheur d'or, mais *Le Fils du Loup* est bien plus qu'un simple témoignage. Dans ce recueil, tel l'aède (poète grec de l'Antiquité qui célébrait les héros), l'auteur choisit un personnage, Malemute Kid, pour incarner les valeurs de justice, de sagesse et de bienveillance. Grâce à une écriture concise et poétique, il reconstitue un univers pour partager avec le lecteur les sensations extrêmes. Au plaisir de l'aventure se mêle la réflexion. Le cadre de l'histoire s'élargit afin de raconter les passions de l'homme capable de se dépasser pour être libre, même si ce désir de liberté le conduit parfois à la mort.

Table

Le Fils du Loup, *5*
Le Grand Silence Blanc, *37*
Les gens de Forty Mile, *57*
À la santé de l'homme sur la piste, *77*
Le privilège du prêtre, *95*
Unga, *119*

Carnet de lecture, *169*

Découvrez d'autres chefs-d'œuvre
de **Jack London**

dans la collection

FOLIO ★ JUNIOR
TEXTES CLASSIQUES

CROC-BLANC

n° 493

Croc-Blanc est un chien-loup qui ne connaît que la vie sauvage du Grand Nord. Sa rencontre avec les hommes sera brutale : capturé, il devient chien d'attelage avant qu'un maître cruel n'en fasse une bête de combat. De l'instinct du loup ou de celui du chien, lequel l'emportera ?
Un grand roman d'aventures qui célèbre l'esprit de liberté.

L'APPEL DE LA FORÊT

n° 1584

Enlevé à l'affection de son maître, Buck devient chien de traîneau dans le Grand Nord. Il découvre la cruauté des hommes et la rude loi de l'attelage. Sa vie n'est plus qu'une course interminable entrecoupée de combats de chiens. Un nouveau maître parvient alors à gagner sa confiance, mais son instinct sauvage se réveille... Buck pourra-t-il résister à l'appel de la forêt ?

Le papier de cet ouvrage est composé de fibres naturelles, renouvelables,
recyclables et fabriquées à partir de bois provenant
de forêts gérées durablement.

Mise en pages : Maryline Gatepaille

Loi n° 49-956 du 16 juillet 1949
sur les publications destinées à la jeunesse
ISBN : 978-2-07-509931-8
Numéro d'édition : 404912
Dépôt légal : octobre 2021
Premier dépôt légal dans la collection : juin 2018

Imprimé en Espagne par Novoprint (Barcelone)